KB016335

쫑순이의
일기

(1인칭 강아지 시점)

동물병원 지킴이 쫑순이의 즐거운 하루!

김소연 지음

쫑순이 엄마가 전하는 반려동물 케어 상식

세상에는 많은 사람이 있다. 또한 많은 강아지, 고양이가 있다. 그중엔 나도 있다. 나는 김쫑순이다. 시추라는 품종의 여자 강아지다. 나는 동물병원에서 살면서 아침 9시면 손님들을 맞이하고 저녁 7시면 퇴근하는 직원들을 배웅한다. 그리고 나면 혼자다. 아니 혼자였다. 지금은 순정이, 단심이, 쫑이라는 강아지 3마리와 네로라고 부르는 고양이 1마리와 함께 살고 있지만 말이다. 우리는 병원 문이 닫히면 우당탕 뛰어다니고 장난감 뺏기 놀이를 하면서 저녁 시간을 보내다가 같이 잠자리에 든다. 다음 날 아침,

눈을 뜨고 어슬렁어슬렁 병원 안을 돌아다니고 있으면 병원문이 활짝 열린다. 그렇게 우리는 또 하루를 시작한다.

이 병원에서 지낸 지도 10년이 넘다 보니 이젠 손님만 봐도, 안겨 있는 강아지만 봐도 대충 뭐가 문제인지 알 수 있다. 대개 엄청나게 짖고 날뛰는 아이들은 아파서가 아니라 예방접종을 하러 온 친구들이고, 부들부들 떨면서 웅크리며 오는 아이들은 구토나 설사로 배가 아픈 아이들이다. 또 다른 아이들은 들어올 때부터 냄새가 난다. 피부병 냄새, 발가락 무좀 냄새⋯. 이런 친구들은 대기실에서부터 몸을 털고 긁는 등 행동이 어수선하다. 가끔가다 아무 생각 없이 잡혀 오는 아이들도 있는데 아주 신이 나서 여기저기 뛰어다닌다. 곧 자기에게 닥칠 일을 모르는 하룻강아지들이다. 이런 친구들의 10분 후 모습을 나는 예상 할 수 있다. 주사 맞고 소리를 지르거나 이리저리 도망 다니며 탈출소동을 벌이거나.

이렇듯 나는 눈치로 병원 밥을 먹은 지가 오래다. 그러다 보니 가끔은 조용히 숨죽여 있어야 할 때도 있다. 그런 날은 치료가 안 되는 심각한 병이 있거나 나이가 너무 많아서 생을 마감하는 순간이 다가온 아이들이 온 날이다. 진료실에선 눈물이 멈추지 않는 보호자와 그 앞에서 할 말을 잃은 원장님이 같이 앉아있다. 이런 무거운 분위기에도 나의 친구 순정이는 눈치 없게 삑삑이 인형을 물고 놀고 있다. 그러면 나는 잽싸게 순정이를 앞발로 한 대 쳐서 장난감을 뺏고 조용히 시킨다. 병원에서 내가 나름 대장이라서 가능한 일이다.

물론, 무척 행복한 날도 있다. 날씨는 좋고 원장님 컨디션도 좋은 날. 그런 날은 산책하러 나간다. 병원을 나와 종종거리며 걸으면서 바깥 구경을 한다. 사실 나는 한 살이 되기까지 밖을 나가본 적이 거의 없다. 그래서 내게 산책은 세상에서 제일 즐거운 일이다. 산책하는 날 못지않게 내가 좋아하는 날이 또 있는데 그날은 나와 친구들을 아주 예뻐해 주는 손님이 오는 날이다. 병원문을 열면서 우리 이름을 하나하나 불러주는 친절한 손님들도 많다. 자기 강아지를 주려고 산 간식도 바로 뜯어서 하나씩 나눠주는 천사 같은 분들. 그중에서도 특별한 몇 분은 집에서 음식을 만들어 오는데, 대부분 아주 맛있고 처음 먹어보는 것들이다. 이런 날은 원장님도 못 본 척 눈감아 주니 마음껏 간식을 배불리 먹는다. 그래서 나와 친구들 모두 포동포동하게 살이 쪘다.

병원에는 이렇게 많은 사람이 오고 많은 아이가 온다. 그래서 정말 이런저런 일들을 보고, 듣고, 겪는다. 늘 투덜거리면서 오는 아저씨도 있고 나만 보면 못생겼다, 뚱뚱하다 얼평, 몸평하는 손님도 있다(병원에는 항상 좋은 손님만 오는 건 아니다). 나와 친구들을 불쌍한 유기견이라고 함부로 이야기하면서 간식을 바닥에 획 던지는 손님도 있다. 어떤 손님은 본인 강아지와 눈맞춤도 못 하게 한다. 할 말이 참 많지만 원장님을 봐서 참는다. 사실 나는 말을 못 하기도 하니 참을 수밖에.

동물병원에는 이처럼 여러 아이들이 참 많이 온다. 눈

도 못 뜬 채로 어미를 잃은 아기 고양이도 오고 스무 살이 넘는 나이 탓에 잘 걷지도 못하는 할머니가 된 노령견도 온다. 1분도 가만히 있지 못하고 산만한 아이도 있고 한쪽 구석에서 머리만 숨기고 있는 겁쟁이 강아지도 온다. 안쓰러워 살짝이 다가가면 난리가 난다. 아무도 옆에 못 오게 소리를 지르니 아무 짓도 안 한 내가 오히려 머쓱해진다. 요즘은 고양이가 매일같이 병원에 오는데, 가만히 있길래 다가갔다가 몇 번이나 두들겨 맞았다. 말이 귀여운 냥냥 펀치이지 얼마나 무서운지 모른다. 나와 함께 사는 네로라는 뚱보 고양이는 매번 다른 고양이를 보러 어슬렁어슬렁 다가갔다가 머리를 한 대 맞고 온다. 내가 대신 복수라도 해주고 싶은데 나도 성난 고양이는 무섭다.

이처럼 동물병원은 하루하루가 새로운 날의 연속이다. 행복한 날도 있고, 슬픈 날도 있고, 때때로 심심한 날도 있다. 그러길 벌써 13년이 넘었고 나도 나이가 들었다. 예전만큼 먹지도 못하고 친구들과 뛰어노는 시간보다 원장님 옆에 있는 방석에 앉아있는 시간이 늘었다. 매일 약을 먹고 주사와 링거를 맞는 날들도 늘어났다. 앉아 지내는 시간이 많다 보니 병원에 오는 손님들을 더 오래 보게 되고, 내 몸이 성치 않다 보니 나와 비슷한 처지에 놓인 아이들에게 더 자주 눈길이 간다. 나랑 친하게 지내던 친구들이 어느 날 어디론가 가버리기도 하고, 몇 년간 매주 꼬박꼬박 오던 할아버지 개(이름은 토토)도 어느 날부터는 오지 않는다는 걸 알아차리기도 한다. 나 역시 언젠간 저만치 먼 곳에 가게 되겠지. 원장님이 자주 안아 줄수록 그곳과 점점 가까워지는 것만 같아 마음이 편치 않다. 어렴풋이 나도 먼 곳으로 떠나는 꿈을 꾸기도 한다.

그래서 더 늦기 전에 이야기하려고 한다. 내가 병원에서 보낸 시간들에 대한 이야기. 봄, 여름, 가을, 겨울. 수많은 계절 속에서 만난 친구들에 관한 이야기. 그 속에는 나도 있고, 나의 가족도 있다. 그리고 병원에 다녀간 많은 아이들도 있다. 그때의 행복했던 시간을 다시 이야기하면서 매일을, 그리고 오늘을 더 행복하게 살고 싶다. 더 오랜 시간이 지난 뒤에도 이 모든 순간을 기억하고 싶다.

나의 세상, 나의 쉼터, 내 삶의 전부인 나의 동물병원 생활기. 지금부터 나의 이야기를 시작해보겠다. 내 이야기로 또 다른 누군가의 마음에 행복이 찾아오길 기대하면서….

아이엠 그라운드 자기소개하기♬
내 이름은 김쫑순이다

나는 '김쫑순'이다. 성은 나를 먹여주고 재워주는 원장님의 성을 따랐고 쫑순이라는 이름은 내가 처음 입양되었던 집에 살던 종민, 종석이라는 형제의 이름을 따랐다. 그래서 '김쫑순'이 되었다. 처음에 나는 펫샵에서 판매되는 강아지였다. 그런데 그곳에서 인기가 없어 팔리지 못해 남겨진 강아지였다고 한다. 그러니 당연히 이름도 없었다. 시추이긴 한데 믹스견처럼 생겨서(ㅠㅠ...못생겼다는 뜻이다) 인기가 없었다. 더군다나 왜인지 나는 얼굴에 털이 자라지 않았다. 결국 나는 다른 아기 강아지들과 달리 손님의 선택을 받지 못했고 구석진 케이지 안에서만 지내야 했다. 덩치가 커지면 팔리지 않기에 밥도 조금만 먹어야 했고, 그래서 더더욱 나는 털도 안 자라고 몸도 비쩍 말라 있었다. 그럼에도 시간이 흐르자 나는 자랐고 몸집은 점점 커져만 갔다. 끝끝내 분양이 안 되니 펫샵 사장님은 다른 선택을 하셨다. 나를 새끼를 낳아 파는 어미 견의 역할로 지내게 한 것이다. 그런데 맙소사! 나는 임신도 안되는 상태였다. 번번이 임신에 실패하자 실망한 펫샵 사장님은 밥만 축내는 나를 어딘가로 보내기로 결정했다.

그렇게 쓸모가 없어진 나를 펫샵 사장님은 공짜로 옆집 인테리어 가게에 보냈다. 그곳에서 쫑순이라 불리면서 가게 사장님 가족과 함께 살게 된 것이다. 비록 저녁엔 사장님이 퇴근하면 혼자였지만 그래도 펫샵보다는 좋았다. 펫샵에서는 나를 포함한 많은 아이들이 좁은 케이지 안에서 답답하게 살았으니 말이다. 특히 나처럼 인기가 없는 아이들은 더 구석진 곳에서 힘들게 지냈다. 그래도 이 글을 빌려 팔리지도 않고 새끼도 못 낳는 나를 처분하지 않고 옆집에 준 나의 첫 주인 펫샵 사장님, 그리고 못생긴 나를 받아준 나의 두 번째 주인 인테리어 가게 사장님께 감사하단 말을 전하고 싶다. 진심이다. 그분들이 있었기에 결국 나는 지금의 김쫑순으로 살 수 있었으니까.

인테리어 가게에서 오고 가는 손님들 구경도 하고 나의 오빠들인 종민, 종석이와 같이 사는 건 좋았지만, 다들 퇴근하면 찾아오는 외로움은 늘 내 몫이었다. 사장님은 낮에 일하느라 바쁘고, 오빠들은 학교 가느라 바빴다. 사모님이 자주 오시긴 했지만 손님을 맞이하느라 나를 챙겨주는 일은 드물었다. 그래도 눈치껏 살았다. 혹시나 또 갈 곳이 없어질까 봐 마음 졸이며 지냈다. 그러던 어느 날 옆 가게 즉, 내가 살았던 펫샵이 갑작스럽게 문을 닫았다. 그곳엔 주인을 기다리는 강아지부터 팔리지 않고 커버린 아이, 출산을 위해 키워지던 나이 든 어미견 등등 많은 아이들이 있었는데…. 하룻밤 새 모두 다 어디론가 가버렸다. 인사도 못 하고 그냥 사라졌다. 그렇게 텅 빈 가게만이 남았다.

어수선한 기분으로 며칠을 보냈을까. 젊은 여자분이 매일 그 가게를 들락날락하더니 공사를 시작했다. 이 여자는 훗날 나의 은인이자, 내게 최고의 행운을 가져다준 사람이다. 그녀는 수의사라고 했다. 공사 시작 전 내가 살던 인테리어 가게에 인사하러 왔는데, 들어보니 동물병원을 준비한다고 했다. 우연히 나의 주인인 사장님이 동물병원 인테리어를 맡게 되면서 나는 매일 옆집을 구경하러 갈 수 있었다. 바로 옆이라 매일 찾아갔는데 볼 때마다 그녀는 간식을 주고 안아 주었다. 마치 예전부터 나와 친했던 것처럼…. 사실 내가 겪어본 누군가의 첫 친절이었다. 나의 첫 주인인 펫샵 사장님은 늘 화가 나 있었고 두 번째 사장님은 좋은 분이었지만 바빠서 잘 볼 수 없었다. 거기다 가게에 주로 계시는 사장님 부인은 나를 별로 좋아하지 않았다. 처음부터 형제들 때문에 공짜로 받은 강아지라며 귀찮다고 할 때가 많았다. 그러다 보니 손님이 오면 나는 늘 한쪽에 가만히 있어야 했다. 간혹 나를 처다보는 손님이 있었지만 그뿐이었다. 내 이름을 불러주는 이는 아무도 없었다.

그래서 나는 볼 때마다 내 이름을 불러주고, 나를 쓰다듬어 주는 수의사 선생님의 손길이 좋았다. 그래서 매일매일 찾아갔다. 어차피 바로 옆집이고 나를 찾는 이도 없으니 난 대부분의 시간을 공사하는 병원 근처를 왔다 갔다 하며 보냈다. 수의사 선생님이 언제 올지 모르니 매일 가서 기다려야 했다. 그래야 하루 한 번이라도 볼 수 있었다. 결국 나의 주인인 인테리어 사장님은 내가 늘 옆 가게 수의사 선생님에게 애절한 눈빛을 보낸다는 사실을 알게 되었고, 나를 옆 가게로 보내기로 결정했다. 어느 날 사장님은 수의사 선생님에게 나를 키울 생각이 있는지 물어봤다. 난 정말 걱정이었다. 내 발로 찾아갔지만 나를 키워줄지 확신이 없었다. 어쩌다 한 번씩 간식 주고 예뻐만 하고 싶었는지도 모르니까. 살면서 만난 대부분의 사람은 나를 불쌍하다는 듯 얼핏 쳐다볼 뿐 나에게 큰 관심이 없었는데 과연 수의사 선생님이라고 다를까. 그러니 내가 할 수 있는 일은 그냥 최대한 착한 척, 이쁜 척하는 것밖에 없었다.

　　"그럴게요. 좋순이 제가 키울게요."

어엇? 정말요? 진짜요? 정말 정말 감사하게도 수의사 선생님이 나를 키우겠다고 한다. 나를 받아준단다. 나를 번쩍 들더니 함께 살자며 품에 꼭 안아 주었다. 그렇게 나는 동물병원에서 살게 되었다.

동물병원이 무엇을 하는 곳인지도 몰랐고 수의사가 무슨 일을 하는지도 몰랐지만, 분명한 건 이곳은 나에게 천국과도 같은 곳이었다. 우선 간식이 아주 넘치게 많았고 아늑했다. 푹신한 방석과 따뜻한 나만의 공간…. 새 가게라서 깨끗하고 조용한 이곳은 내가 살아본 곳 중에서 가장 좋은 곳이었다. 그중에서 제일 좋은 건 나를 자주 안아 주던 나의 원장님(수의사 선생님을 다들 그렇게 불렀다)과 함께한다는 것이다. 원장님이 '김' 씨여서 나는 자연스럽게 '김쫑순'이 되었다. 원장님은 은색 반짝이는 메달에 '김쫑순'이라 이름 새겨진 목걸이를 목에 걸어 주었다. 드디어 나도 온전히 보호자의 보살핌을 받는 사랑스러운 강아지 '김쫑순'이 되었다.

원장님과 함께 일하는 애견미용사도 있었는데 다들 실장님이라고 불렀다. 실장님도 내게 친절했다. 집에 강아지 세 마리를 키우고 있어서 아이들 입던 옷을 챙겨와 내게 입혀주고 매일 예쁘게 머리핀도 달아주셨다. 두 분 모두 나를 아주 많이 사랑해 주어서 하루하루가 행복했다. 아침저녁으로 밥도 먹고 간식도 먹고 영양제까지 챙겨 먹으니 살도 찌고 털도 풍성해졌다. 또 얼굴 털이 나기 시작하면서 점점 예뻐졌다. 거기다 머리에 빨강 리본 핀까지 꼽으니 내가 봐도 내가 제법 예쁘게 보였다.

처음의 나는 펫샵에서 못생겼다는 이유로 팔리지 못한 이름 없고 볼품없는 강아지였다. 그 이후에도 부스스한 모습으로 구석에 찌그러져 눈치만 보던 아이였다. 그렇지만 지금의 나는 아니다. 어딜 가도 빠지지 않을 미모를 자랑하는 건강하고 예쁜 강아지다. 병원에 오는 손님들도 다들 내 이름을 물어보고 나의 털을 만져보면서 칭찬한다. 어떤 손님은 나의 사진도 찍어가고 또 다른 손님은 미용하러 와서 "쫑순이처럼 해주세요."라고 말한다. 그럴 땐 솔직히 조금 으쓱해지는 기분이 들기도 한다. 나는 그렇게 사람들에게 점점 사랑받는 강아지가 되었다. 나를 사랑해 주고 내 편이 되어주는 사람들이 생겼다. 나의 원장님과 실장님. 두 사람과 함께하는 모든 날이 좋았다. 나는 행복한 강아지 김쫑순이다.

0월 0일
날씨: 뭉게뭉게 뼈다귀 쿠키들이 푸른 하늘에 두둥실 떠 있던 날

룰루랄라~~ 즐거운
동물병원에서의 나의 하루

　나는 동물병원에서 산다. 앞서 일기에 썼듯 처음에는 펫샵에서 살았고 그다음은 인테리어 가게에서 살았다. 그러다 지금은 동물병원에서 산다. 그러니 사는 곳이 몇 번 바뀌었고, 이사도 자주 했다고 할 수 있다. 하지만 펫샵이 있던 곳과 인테리어 가게가 바로 붙어있었고 그 펫샵이 지금의 동물병원으로 바뀌었으니 결국 내가 사는 곳은 크게 달라진 게 없다. 물론 사는 환경은 엄청 달라졌지만 말이다. 처음 살던 펫샵은 강아지, 고양이가 너무 많아서 시끄럽고 정신이 하나도 없었다. 사장님은 너무 지쳐

서인지 아이들을 잘 돌보지 못했고 나는 덩치가 큰 친구들에 밀려 늘 좁은 케이지에서 지내야 했다. 당연히 밥도 다른 친구들보다 늦게 먹어야 했다. 그곳에서 살다가 두 번째 집인 인테리어 가게로 가게 되었을 때 가장 좋았던 건 케이지에서 나올 수 있었다는 거였다. 좁은 케이지에선 앉았다 일어나는 것 외에는 할 수 있는 게 없었다. 하지만 가게엔 나 혼자이니 여기저기 냄새도 킁킁 맡을 수 있었고, 사람들이 없을 때는 뛰어다닐 수도 있었다. 무엇보다 계속 짖어대던 아이들과 조금 떨어져 있으니 밤에도 잠을 잘 수 있어 좋았다.

그렇게 1년 정도 살다가 펫샵이 있던 곳에 지금 내가 사는 동물병원이 생겼다. 뚱땅뚱땅 큰소리로 공사를 하던 동물병원 가게 안을 빼꼼히 쳐다보면서 나는 매일매일 기다렸다. 많은 사람이 오갔지만 다들 내게 관심이 없었고 가끔 걸리적거리면 한 번씩 걷어차이기도 했다. 그럼에도 나는 기다리는 사람이 있었다. 바로 원!장!님!이다. 매일은 아니어도 자주 왔고 그때마다 제일 먼저 내 이름을 불러주고 안아주었다. 나는 그때 알았다. 쓰다듬어 주는 손길이 참 좋다는 것을. 털을 잡아당기는 사람도 있고 쿡쿡 찌르는 사람들도 있는데 그와 달리 원장님은 부드럽게 머리를 만져주었다. 그리곤 꼭 주머니에 챙겨온 육포와 비스킷을 건네주었다. 그러면 나는 입에 물고는 신나게 뒷마당을 가로질러 나의 공간으로 가곤 했다. 그리고 세상 행복하고 맛있게 먹었다. 그런 날이 참 좋았다. 그러길 며칠이 지나자 드디어 가게에 간판이 달렸다. 그 이름은 바로 '범서조은 동물병원'. 원장님은 범서에 좋은 동물병원이 되겠다고 이름을 그렇게 지었다고 했다. 간판에 반짝반짝 불이 들어온 날 내 마음도 환하게 빛이 났다.

병원이 문을 연 뒤 원장님은 매일 출근했다. 하얀 가운을 입은 원장님이 일하는 그곳은 새 병원이라 그런지 바닥도 반짝거렸다. 혹시나 발자국이 날까 봐 병원에 들어가기가 쭈뼛거려졌다. 나는 목욕도 잘 안 하고 털도 덥수룩해 지저분한 상태라 눈치가 보였다. 나는 늘 눈치를 보면서 살았다. 펫샵에서도 혹시 손님들의 선택을 받을 수 있을까 눈치 보며 지냈고 인테리어 가게에 살면서도 손님들이 싫어할까 조심하며 살았다. 그러다 보니 새롭게 바뀐 동물병원 앞에서도 들어가지 못하고 전전긍긍 기다렸다. 솔직히 열린 문틈으로 슬쩍 들어가긴 했으나 너무 깨끗하여 바로 나온 적도 있다. 그러고 있으면 원장님이 나를 발견해 번쩍 안아 들고 병원 안으로 데리고 들어가는데 그땐 정말 기분이 날아갈 듯 기뻤다.

원장님과 같이 병원에 들어간 나는 신나게 냄새를 맡으며 병원 구석구석을 돌아다녔다. 이곳저곳을 돌아다녔는데 그중에서 가장 멋진 곳은 출입문 앞에 있는 간식 코너였다. 세상 맛있는 거를 다 모아둔 곳이자 쳐다보기만 해도 행복해지는 곳이었다. 한 마디로 과자의 집이라고 생각하면 된다. 그곳에서 빤히 간식을 쳐다보고 있으면 원장님이 씨~익 웃으면서 고기 간식 한 봉지를 뜯어줬다. 간식도 새 간식이 맛있다. 참, 그곳에는 내가 쉴 수 있는 방석도 있었다. 그렇게 행복한 하루를 보내다 보면 저녁이 되고 원장님은 퇴근한다. 그러면 나도 옆 가게로 간다. 아쉬워도 인사 잘하고 얌전히 가야 한다. 왜냐면 그래야 내일이나 모레 또 올 수 있기 때문이다.

이런 날들이 얼마쯤 지났을까 드디어 이사를 했다. 옆 가게 즉, 동물병원으로…. 짐보따리도 몇 개 없었다. 먹다 남은 사료 반 봉지, 밥그릇, 깔고 자던 방석. 사실 전부 필요 없는 것들이었다. 이미 병원에 내 전용 방석도 있고 매일 먹는 사료와 밥그릇, 물그릇이 다 준비되어 있었기 때문이다. 그래도 원장님은 내 물건들을 소중히 챙기고 인테리어 사장님께 인사도 따로 했다. 나를 소중히 데려가는 느낌이었다.

이곳 동물병원은 여름에는 시원하고 겨울에는 따뜻하다. 매일 친구들이 놀러 와서 지루할 틈도 없다. 낮에 손님도 맞이해야 하고, 밥도 먹고, 간식도 먹으며 하루를 바쁘게 지내다 보니 밤에는 쿨쿨 잠도 잘 온다. 이렇게 조용하고 깨끗한 그리고 행복한 동물병원에서 나는 살고 있다. 아침이 되면 항상 같은 시간에 원장님과 실장님이 출근한다. 원장님은 제일 먼저 나를 안고 잘 잤는지, 밤사이 아픈 곳은 없는지 물어본다. 인사를 마치고 나면 나를 세상 제일 예쁜 강아지로 만드는 게 목표인 듯 아침마다 세수에 빗질에 머리핀도 달고 옷도 입혀준다. 꽃단장이 끝나면 아침을 먹고 후식으로 간식을 먹는데 나는 이 시간을 가장 좋아한다. 원장님은 매번 간식을 마음껏 고를 수 있게 세 종류의 간식을 준비해주니까. 마지막 양치 껌까지 야무지게 씹고 나면 본격적인 나의 하루가 시작된다.

동물병원에는 매일 손님들이 오는데 사료나 간식을 사러 오는 분도 있고 아픈 아이들을 치료하러 오는 분도 있다. 또 예방접종을 하러 오거나 미용을 위해 방문하는 분도 있다. 그중에는 얌전히, 그렇지만 최대한 꼬리를 흔들면서 기다리면 내게 관심과 사랑을 주는 분도 있다. 그분들은 대체로 내게 간식을 준다. 아침밥과 후식 그리고 개껌도 먹은 나지만 간식은 늘 맛있다. 가끔 너무 많이 먹어 배탈이 나기도 하고 원장님께 뺏기기도 하지만 내 전용 간식 창고에 차곡차곡 쌓아놓는 재미가 있다. 원장님의 점심시간이 되면 나는 또 한 번 흥분상태가 되는데, 그 이유는 원장님은 종종 갈비탕처럼 내가 가장 좋아하는 음식을 주문하기 때문이다.

적다 보니 하루종일 먹는 것만 밝히는 강아지처럼 보일 것 같아 부끄럽지만 솔직히 말하자면 나는 그동안 늘 배가 고팠다. 펫샵에서 살 때 얼굴에 털이 잘 안 났던 이유도 잘 먹지 못해서였다. 작고 귀여운 강아지여야 입양되기 쉬우니 어쩔 수 없었다. 두 번째 가게에서도 먹을 건 부족했다. 하지만 지금은 다르다. 나는 말하자면 간식 부자다. 아마 내가 세상에서 가장 많은 간식을 갖고 있을 것이다. 원장님이 다 내 것이라고 했다. 내가 사는 병원에 있는 모든 간식이 나의 것이라고 했다. 푹신하고 좋은 냄새가 나는 방석도 내 것이다. 그러니 내가 사는 곳, 나의 동물병원이 내게는 세상에서 제일 행복한 집이다.

오늘도 나는 배부르게 먹고, 따뜻하게 자고, 즐겁게

뛰어놀며 하루를 보냈다. 나는 나의 집, 나의 동물병원
이 정말 좋다.

0월 0일
날씨: 분홍빛 벚꽃잎이 온 세상을 물들인 날

아침 9시~저녁 7시
출근과 퇴근 사이

동물병원에서 살다 보니 나에게도 나름대로 출퇴근의 개념이 생겼다. 병원이 아침 9시부터 저녁 7시까지 일을 하니 당연히 나의 근무 시간도 그러하다. 보통은 아침 8시가 넘으면 원장님이 온다. 곧이어 실장님도 오고 다른 간호사 선생님도 출근한다. 원장님이 출근해서 제일 먼저 하는 일은 밤새 잠자리에 문제가 없는지, 화장실도 체크하고 혹시나 구토를 하거나 컨디션이 나빠졌는지 살핀다. 나는 짧은 다리를 쭈~~욱 늘려 스트레칭을 하고 꼬리를 힘차게 흔들면서 밤새 기다린 원장님과 직원분들을 격하게 환영한다. 그러면 원장님은 나를 번쩍 안아서 눈맞춤으로 인사를 하고 테이블에 올려 눈곱도 떼고 내 몸 여기저기 꾹꾹 마사지를 한다. 어디 아픈 곳이 있는지, 털에 가려 안 보이는 피부병이 있지는 않은지도 살펴본다. 또 발목이랑 허리랑 뻣뻣하지 않은지 만져본다. 그리고 나서도 큰 문제가 없으면 밤새 헝클어진 머리를 단정히 빗고 빨아둔 깨끗한 옷을 입힌다. 그리곤 그날, 그날 기분에 따라 머리핀이나 스카프 등으로 멋을 낸다. 병원에 오는 손님들이 제일 먼저 만나는 게 나라고 원장님은 항상 깨끗하고 좋은 냄새가 나도록 아침마다 날 예쁘게 만들어 준다. 그러니까 나는 이 병원의 얼굴인 셈이다. 입원한 아이들이 있거나 아침부터 응급 진료가 오는 경우에는 실장님이 원장님 대신 나를 챙긴다.

머리부터 발끝까지 관리가 끝나면 아침을 먹는다. 보통은 사료를 먹는데 자고 일어나면 식욕도 없고 목도 마른다는 걸 어쩜 그렇게 잘 아는지 원장님은 아침밥만큼은 촉촉하게 만들어 준다. 그래서 나는 늘 아침밥이 맛있다.

보통 아침밥은 친구들과 함께 먹으니 혹시나 늦게 먹거나 하면 남은 밥도 뺏기고 후식으로 나오는 육포도 먹을 수 없으므로 빨리 먹어야 한다. 그래서 나는 언제나 아침을 뚝딱 먹고 육포도 챙기고 나서 1등으로 원장님에게 달려간다. 그리곤 간절한 눈빛을 보내면 원장님이 빙그레 웃으려 간식 서랍을 열어 껌을 종류별로 꺼낸다. 그러면 나는 쿵쿵 냄새를 맡으며 평소 내가 최고로 좋아하는 껌을 먹을지, 아니면 새로 나온 신상 껌을 먹을지 고민한다. 그리곤 신중히 골라 한 개를 물고 내 방석으로 뛰어간다. 배도 부르겠다, 급한 것도 없겠다 마음 편히 개껌을 뜯으며 행복한 오전 시간을 보낸다.

이런 나의 평화로운 일상을 방해하는 일도 많다. 우선 나와 함께 사는 친구들이 있는데 어쩌나 눈치가 없는지 밥 먹고 간식 먹는 순서를 모른다. 늘 뒤죽박죽이고 하나씩 공평히 나눠주는데도 우당탕 쌈박질을 서슴지 않는다. 급하게 먹다가 캑캑 목에 걸려 소리를 지르기도 하고 아무튼 정신이 없다. 그래도 같이 먹는 밥이 맛있긴 하다.

은근히 서로 경쟁하면서, 중간중간 먹던 껌을 바꿔가며 씹는 즐거움도 있다. 나와 같이 사는 순정이란 친구는 꼭 내가 조금 먹다가 넘겨주는 껌을 좋아한다. 원장님 말씀으론 껌이 딱딱하니 내가 씹어서 조금 말랑말랑해지게 만들고 나면 순정이가 먹기 편해서 좋아하는 거라고 하는데…. 나 역시 내가 먹던 것을 순정이 주고, 내가 순정이 몫의 새 껌을 챙길 수 있으니 서로 좋은 일이다. 이렇게 아침 시간은 항상 활기차고 즐겁다.

물론 아침부터 병원에 아픈 아이들이 오는 경우엔 상황이 다르다. 보통 예방접종을 하거나 간단한 진료를 받으러 오는 아이들이 올 때는 병원도 큰 무리가 없다. 하지만 밤새 강아지가 아파서 병원 문이 열리기만을 기다렸던 보호자들은 마음이 급해서서 그런지 예민하다. 진료실에서 큰소리가 나기도 한다. 아침부터 아픈 강아지가 오면 원장님은 급하게 진료 준비를 하느라 바쁘다. 이럴 때는 얌전히 있는 게 내가 할 수 있는 유일한 일이다. 평소라면 병원에 오신 손님들에게 인사도 하고 애교도 부리지만 이런 날은 그냥 방석에서 조용히 있는다. 때로는 교통사고가 난 경우나 덩치가 큰 진돗개가 오는데 그런 날은 병원이 한바탕 난리가 난다. 또 어떤 날은 전염병에 걸린 아이가 입원하러 오는데 그러면 한순간 병원은 비상 상황이 된다. 작은 크기의 병원이다 보니 따로 격리실이 없어서 전염병으로 의심되는 아이가 오면 나와 친구들 모두 바로 원장님 책상 뒤쪽에 있는 별도의 공간으로 옮겨져 꼼짝하지 않고 있어야 한다.

그 외에도 병원은 오전 내내 바쁘다. 전날 많이 아팠던 아이들에게 안부 전화도 해야 하고 입원한 아이들도 챙기느라 원장님은 쉴 틈이 없다. 아픈 친구들 외에도 예방접종을 하러 오는 아이도 있고, 미용을 하러 오는 아이도 있다. 사이사이 간식과 사료를 사러 오는 손님도 있다 보니 점심시간이 한참 미뤄질 때도 많다. 나는 밥도, 간식도 충분히 여유있게 먹었지만 정작 원장님과 실장님은 급하게 먹고 다시 일하는 모습을 많이 봤다. 오후라고 병원이 다르진 않다. 중간중간 울리는 전화도 받으랴, 병원에 오는 손님도 맞이하랴 다들 종일 바쁘다. 그래서 나는 병원이 바쁘면 좋으면서도 조금 싫다. 병원이 바빠야 원장님은 돈을 벌고 그 돈으로 병원이 돌아간다고 하니 바빠서 좋은 것도 있지만 원장님이 바쁘면 나와 놀아줄 시간이 없으니 솔직히 싫은 마음도 있다.

아무튼 다들 종일 바쁘게 시간을 보낸다. 나도 마찬가지다. 손님들이 오면 그때그때 반갑게 맞이해야 할 손님일지, 아니면 최대한 멀리서 걸리적거리지 않게 피해 있을 손님인지 구분해야 한다. 너무 시끄럽게 짖는 아이가 있을 땐 가서 혼도 내줘야 하고 엄마를 찾느라 낑낑거리는 아기 고양이가 오면 옆에서 따뜻하게 품어주기도 해야 한다. 나 역시 병원 직원이니 열심히 일한다. 하루를 마감할 시간엔 더욱 피곤한 일이 많다. 원장님과 실장님은 오늘 하루 방문한 아이들의 진료기록을 살피고 내일 예약된 수술이나 진료 일정을 미리 체크한다. 나 역시 병원 한 바퀴를 돈다. 하루 동안 달라진 건 없는지, 내가 바쁘게 하루를 보내는 동안 냄새가 바뀐 건 없는지 살핀다.

일과를 마치면 나는 원장님과 실장님을 한참을 쳐다본다. 원장님도 같은 마음인지 나를 꼭 안아 주고 잠자리도 한 번 더 살펴봐 주고는 퇴근한다. 비로소 나도 퇴근이다. 사람들이 모두 돌아가고 조용해진 병원에는 평화가 찾아온다. 오늘 하루도 무사히 잘 보냈다는 안도감과 함께 졸음이 밀려와 피곤한 몸을 이끌고 따뜻한 방석으로 들어가 잠을 청한다. 얼마 후 잠이 들면 꿈속에서 오늘 다녀간 초롱이도 만나고 마루도 만난다. 배가 아파서 주사 맞고 간 초롱이가 오늘 밤은 잘 자기를, 산책 나갔다가 다리를 다친 마루도 무사히 낫기를 바란다. 내일이면 다시 아침이 오고 또 하루가 시작되겠지. 내일은 아침 먹고 어떤 간식을 먹을까, 내일은 또 어떤 친구들이 병원에 올까 상상해본다.

자율배식 vs 제한배식
혹시 아이가 밥을 잘 먹지 않아 걱정이신가요?

강아지는 자율배식이 좋지 않습니다. 강아지든 사람이든 모든 살아있는 생명은 자연의 흐름에 맞춰 생활하면 좋습니다. 사람들도 때 거르지 말고 제시간에 잘 챙겨 먹으라고 하는 것처럼 강아지들도 정해진 시간에 정해진 양의 음식을 먹는 규칙적인 식습관이 좋습니다. 강아지의 몸속에도 생체시계가 있어 일정한 시간이 되어 일정한 음식이 들어오면 소화효소를 분비하고 위장 운동이 활발해집니다. 또한 자율배식의 경우 대부분 밥그릇에 사료를 담아두는데 이런 경우는 사료가 공기 중에 노출되어 마르게 됩니다. 강아지 사료는 보통 만들 때 마지막에 사료 표면을 기름으로 살짝 코팅을 합니다. 그래서 손으로 사료를 만져보면 뽀송하기보다 약간 기름기가 있습니다. 쉽게 설명해 드리자면, 튀김 요리를 실온에 두면 맛이나 냄새가 어떤가요? 사료에 있는 지방이 공기 중 산소와 만나 산패가 되어 고소한 냄새도 사라지고 공기 중 수분을 빨아들여 사료가 눅진해지기도 합니다. 사람들도 매 끼니 뜨신 밥, 갓 지은 밥을 먹고 싶은 것처럼 강아지도 매일 먹는 밥 특히 반찬도 없는(ㅠㅠ) 밥을 먹으려면 그 밥이라도 신선하고 좋은 풍미를 가진 사료를 먹고 싶답니다. 이런 이유로 실온에, 밥그릇에 수북이 담겨 있던 밥(어쩌면 어제도, 그제도 밥그릇에 담겨져 있던 밥)은 강아지들에게 사료에 대한 흥미를 떨어뜨리는 요인이 됩니다. 강아지 입장에서 보면 어차피 늘 있는 음식이니 매력이 없어 사료를 거부하게 만드는 이유가 되기도 합니다.

결국 보호자분들은 사랑하는 나의 강아지가 밥을 안 먹으니 안타까운 마음에 배고플까 달걀노른자도 주고, 고구마도 주고, 과일도 주다 보니 더 사료를 안 먹게 되고 편식하는 강아지가 되니 영양불균형은 피할 수 없습니다. 7살이 되면 여러 성인병도 생기고 결석이나 고지혈증, 당뇨가 오면 음식조절을 해야 하는데 몇 년간 잘못된 식습관을 가진 아이라서 고치기도 정말 힘이 든답니다. 약이라도 먹이려면 공복이면 안 되는데 보통 아침을 안 먹으니 하루 2번 약 먹이기도 힘이 듭니다. 결론적으로 자율배식보다는 규칙이 있는 제한배식이 더 좋습니다.

덧붙이는 내용으로 밥을 더 맛있게 먹이는 방법은 다양합니다. 강아지는 미각보다 후각이 발달한 동물입니다. 그래서 맛있는 밥보다 좋은 냄새가 나는 밥을 주는 게 핵심입니다. 새우깡 한 봉지를 먹어도 바로 개봉했을 때가 맛있고, 밥도 전기밥솥에 며칠 보온 상태로 있는 밥보다 한끼씩 솥 밥을 해서 먹는 게 맛있듯이 사료도 작은 포장을 사서 매끼 분량을 나눠 주면 좋답니다. 거기다 밥을 주고 일정 시간이 지난 후에도 먹지 않으면 치워버리는 훈련으로 아이들이 지금 안 먹으면 없다는 것을 알게 해주어야 합니다. 그래야 제시간에 "잘 먹겠습니다~" 하고 맛나게 먹는답니다. 또 사료를 안 먹는다고 다른 음식을 주는 것은 앞에서 말한 것처럼 사료를 더 거부하는 요인이 될 수 있습니다. 차라리 간식을 사료에 섞어주면 좋은데 이

때도 간식만 쏙쏙 빼먹는 아이들이 있을 겁니다. 이럴 때 사료에 섞어주면 좋은 음식 몇 가지를 알려드리겠습니다. 통조림 캔에 뜨거운 물을 한 스푼 첨가해 잘 섞은 후 사료 위에 카레처럼 뿌려주면 고기 냄새 솔솔 나는 덮밥이 됩니다. 또는 사료를 살짝 물에 담갔다 뺀 후에 말린 북어포 같은 간식을 가루를 내 뿌리면(참고로 사람의 경우 뜨신 밥에 고소한 김 가루를 뿌려 먹는 것과 같습니다) 젖은 사료에 붙어버리니 가려먹지 못하고 사료까지 잘 먹습니다. 또한 사료를 말린 육포 간식과 함께 믹서기에 살짝 갈아주면 더 맛나게 먹일 수 있답니다. 이때도 사료와 간식 비율을 8:2로 해야 함을 잊지 말아야 합니다.

사실 밥을 잘 먹게 하는 최고의 방법은 식사 시간을 제외하곤 위장을 비우는 겁니다. 속을 비우고 배고픔을 느끼게 해주는 게 제일 중요해서 개껌이나 육포 등 간식을 먹이지 말아야 합니다. 옛말에 시장이 반찬이란 말을 기억하시면 좋습니다.

마지막으로 밥을 촉촉하게 준다는 게 무슨 뜻인지 알려드립니다. 강아지도 나이가 들면 입이 마르고 침이 뻑뻑해진답니다. 특히나 아침에는 더 목이 마르고 음식의 목넘김이 쉽지 않습니다. 거기다 물을 먹으면서 캑캑 사레도 잘 걸리고 간식이나 개껌을 먹을 때도 이빨이 약해져서 조각조각 잘라 먹기가 불편하다 보니 우물우물 씹다가 그냥 삼키기도 합니다. 그러니 당연히 목에 걸려서 난리가 나기도 하고 삼킨 개껌이나 육포 덩어리가 위에서 소화가 안 되어 구토하는 경우도 많답니다. 그러니 내 아이의 치아 상태를 잘 살펴보고 음식 먹는 모습을 관찰해보면 어떤 음식을 어떤 크기로 또 어떤 형태로 주어야 하는지를 알 수 있답니다. 참고로 저는 노령견들을 돌보고 있다 보니 이빨도 몇 개 없고 삼킬 때도 힘들어하니 보통 사료든, 간식이든 부드럽게 그리고 수분감이 적당히 있도록 만들어 줍니다. 단 떡이 지도록 질척거리면 이빨 사이에 끼이고 입술 주변 털과 피부에 자극이 되니 주의가 필요합니다.

같은 집에서 함께 밥을 먹는 사이, 식구~
쫑순이의 식구들을 소개합니다

　나는 가족을 잘 모른다. 사실 어디서 태어났는지, 나를 낳은 엄마가 누군지 모른다. 당연히 나의 형제가 있었는지도 알 수 없다. 우리 병원에는 별이와 샛별이라는 말티즈 가족이 있다. 별이가 엄마고 샛별이는 별이의 딸이다. 별이가 아기를 낳아서 '새로운 별이가 생겼다.'라는 의미로 샛별이라 이름 짓게 되었다고 한다. 나는 별이와 샛별이가 아주 부러웠다. 병원에 올 때마다 보호자가 별이와 샛별이를 같이 데리고 오는데, 사이가 아주 좋다. 엄마와 딸이어서 그런지 생김새도 똑같다. 또 어떤 집은 노랑이, 파랑이, 초록이라는 이름의 강아지들이 있는데 세 아이 모두 유기견이었다고 한다. 좋은 보호자를 만나 지금은 사이 좋은 가족이 되었다. 우연히 산책길에서 만나면 늘 셋이서 나란히 걸어간다. 보호자가 여행을 갈 때는 병원을 호텔 삼아 오는데, 그때도 세 아이가 같이 오니 참 보기가 좋다. 이렇듯 가족이 있는 친구들은 든든한 울타리에서 보호받으며 서로 사랑하고 살아간다. 나도 한때는 가족이 있는 친구들이 부러웠다. 하지만 이제는 부럽지 않다. 나도 이제 가족이 있으니까. 같이 밥을 먹는 식구가 있으니까!

그래서 오늘은 나의 가족을 소개하려고 한다. 나는 김종순이고 나의 성을 붙여준 원장님과 살고 있다. 지금의 내가 이렇게 행복하게 살 수 있는 건 원장님 덕분이니 원장님은 나의 진정한 첫 가족이다. 원장님은 남편도 수의사라고 하고 딸 둘, 아들 하나 아이가 셋인 엄마이기도 하다. 물론, 나를 포함해 병원에도 다섯 식구가 살고 있다. 정리하자면 원장님은 병원에서 다섯 마리의 강아지와 한 마리의 고양이랑 살고 있고, 집에선 아이 셋과 남편 이렇게 다섯 식구와 살고 있다. 그러니 엄청 바쁘다. 바빠도 내 눈엔 항상 나와 병원 식구들이 1번인 것 같다. 병원에 선물로 맛있는 것이 들어와도 같이 나눠 먹고, 명절이면 새 옷을 사서 우리에게 입혀준다. 병원에서 사는 강아지들은 모두 유기견들이었다. 원장님은 나를 포함해 새로 들어온 유기견들에게 하나하나 이름을 붙여주고 가족이 되어주었다. 나처럼 불안하고 어딘가 모자란 친구들에게 든든한 울타리가 되어주었다. 그래서 나는 지금 친구들과 안심하고 재미나게 산다.

병원에는 실장님도 있는데 미용사 선생님이다. 원장님 만큼이나 내게 중요한 분이다. 원장님은 나를 자신의 반려 동물로 등록해 병원에서 살게 해 준 나의 주 보호자이지만 사실 매일 바쁘다. 자주 안아주고 간식도 많이 주지만 시간이 부족해 늘 아쉽다. 산책하러 나갔다가도 병원에 진료 보는 환자가 오면 날 안고 병원으로 뛰다시피 돌아온다. 게다가 전염병이 걸린 강아지가 오면 최소 3~4일은 원장님 근처에도 못 간다. 그래서 원장님보다 실장님과 지내는 시간이 더 많다. 대신 실장님은 잔소리를 많이 한다. 오늘 아침에도 밤새 뭘 하고 놀았길래 털이 엉켰냐고 혼내고 화장실 똑바로 안 쓴다고 혼낸다. 그래도 내가 이렇게 예뻐질 수 있었던 건 실장님 덕분이다. 원장님과 실장님은 나를 혼자 두지 않으려 일요일에도 교대로 일하고 휴가도 교대로 간다. 보호받는 느낌, 보살핌을 받는 느낌이 어떤 기분인지 알게 된 것도 두 분 덕분이다.

그러면 이번에는 나의 또 다른 가족인 함께 먹고, 함께 놀고, 함께 자는 친구들을 소개해보겠다. 원장님이 밥을 같이 먹는 걸 식구라고 한다고 가르쳐 주었다. 그러므로 나와 같이 밥을 먹는 친구들이 나의 식구인 셈이다. 일단 첫 번째로 소개할 친구는 순정이다. 순정이는 나에게 특별한 존재다. 원장님은 퇴근할 때마다 나를 혼자 병원에 두는 걸 미안해했다. 물론 나도 외로웠다. 그러던 어느 날 원장님이 딱 나만 한 크기의 시추 친구를 데려왔다. 길에서 떠돌던 유기견이라고 했는데 키도, 몸무게도 나와 비슷했다. 순정이는 길거리에 돌아다니다가 구조되어 보호소에 들어갔다고 했다. 거기서 입양되어 우리 병원에 왔다. 처음엔 털이 너무 길고 엉켜있어서 눈코입이 어디쯤인지도 모를 정도였는데 미용을 하고 보니 나보다 조금 어리고 조금 예쁜 거 말고는 나와 거의 비슷했다. 그래서 원장님은 나와 순정이를 언니, 동생 사이로 만들어 주었다. 그리곤 내 이름 뒷글자를 따서 순정이라고 불렀다. 나는 아주 좋았다. 성격은 달라도 나와 아주 잘 지냈다. 같이 자고 같이 놀았다. 때로는 간식을 서로 더 먹겠다고 멱살 잡고 싸우기도 했지만 둘이서 딱 붙어서 지내니 외롭지 않았다. 그러던 어느 날 119 구조대가 교통사고를 당한 시추 강아지를 데리고 왔다. 나와 순정이는 흰색, 갈색인데 잡혀 온 강아지는 검은색, 흰색 털을 가진 친구였다. 안타깝게도 사고로 그 아이는 한쪽 눈을 다쳤고 골반뼈도 부러져서 걸을 때 절뚝거리며 걸었다. 불쌍한 아이였다. 당연히 입양되지 않던 친구라 병원에 오래도록 머물게 되있고 결국 원장님은 단심이라는 이름을 지어주고 가족으로 맞이했다. 어쩌다 보니 우린 시추 3마리 쫑순, 순정, 단심 패밀리로 불렸다.

솔직히 말하면 나를 제외한 순정이와 단심이는 몇 번이나 입양이 되었다가 파양되었다. 순정이는 작고 예뻐서 손님들이 좋아했지만 화장실을 전혀 못 가리고 응가를 먹는 등 귀여운 얼굴과 달리 엽기적인 행동을 하다 보니 번번이 쫓겨났다. 단심이는 한쪽 눈으로도 잘 보고 뒤뚱거리며 걸어도 건강했고 얌전한 편이라 마음씨 좋은 분들이 입양을 결정해 가족으로 맞이했다. 그러나 보통은 한 달 정도 지나면 가족으로 받아들이고 적응하는데 단심이는 도통 마음을 열지 않았다. 병원에선 나와 순정이 뒤를 쫄래쫄래 따라다니면서 얌전하기만 했고 원장님의 손길도 피하지 않던 순한 친구였는데 어찌 된 건지 입양 간 집에선 침대 밑이나 구석진 곳에 들어가 은둔형 외톨이로 지냈다고 한다. 결국 병원으로 되돌아와서는 밥 한 그릇 뚝딱 먹고는 병원 쇼파 위에서 코까지 골면서 잠이 들었다. 원장님은 그 모습을 가만히 쳐다보다가 한숨을 길게 한번 쉬고는 단심이를 가족으로 받아들였다. 그 후론 더 이상 단심이를 입양 보내지 않았다.

여기서 끝이 아니었다. 그 이후로도 짱이라는 코카 스파니엘 강아지도 가족이 되었고 고양이 한 마리도 가족이 되었다. 어느 점심시간, 원장님이 안 계시는 동안 누군가 병원 앞에 덩치가 큰 까만색 고양이를 두고 갔다. 살 곳이 없어 여기저기를 더부살이하던 친구였는데 몸무게가 8kg이나 나가는 뚱보 고양이였다. 웃긴 건 그 고양이는 병원에 온 첫날부터 우리가 지내는 방석에 들어가 자고 우리가 먹는 밥그릇에 코를 박고 밥을 퍼먹었다. 마치 몇 년을 같이 살았던 것처럼 뻔뻔하게 그냥 자고 먹고 하는 고양이. 네로라는 새 이름을 얻은 고양이를 우리는 그냥 가족으로 받아들이기로 했다. 어차피 우리도 원장님께 밥 얻어먹는 처지라 딱히 반대할 이유가 없었다. 이렇게 나와 순정이, 단심이 그리고 짱이와 네로까지 다섯 식구가 10평이 조금 넘는 병원에서 복닥거리며 살게 되었다. 같이 놀고, 같이 사고치고, 함께 혼나면서 아주 버라이어티한 매일을 살고 있다. 우린 서로에게 세상 누구도 부럽지 않을 가족이 되어 주었다.

아이들에게도 궁합이 있다는 사실, 알고 계셨나요?

사람들은 잘 모르지만 아이들에게도 잘 맞는 친구가 있고, 잘 맞지 않는 친구가 있습니다. 예를 들어 쫑순이는 순정이와 잘 맞습니다. 몇 년을 같이 살아도 단심이와 짱이 보다는 순정이가 쫑순이의 베스트 프렌드입니다. 물론 혼자 외롭게 살다가 순정이를 만나서 쫑순이가 좋아했던 것도 있지만 사실 둘은 좋아하는 것도 같고, 싫어하는 것도 같습니다. 털 색깔도 비슷하고 몸무게도 거의 같습니다. 가끔 자매냐고 물어보시는 분들도 많습니다. 그에 반해 몇 년을 같이 지냈고 품종도 같은 시추인데도 단심이는 쫑순이를 어려워합니다. 쫑순이가 단심이를 딱히 괴롭히지도 않는데 말이죠. 어쨌든 놀 때도 잘 때도 늘 쫑순이는 순정이 곁에 있습니다.

또한, 사람과 강아지도 궁합이란 게 있습니다. 쫑순이는 처음 가족이 되어준 저와 잘 맞는 편입니다. 순정이와 단심이는 원장인 저를 무서워해 간식을 먹을 때 말고는 옆에 잘 오지 않지만 쫑순이는 늘 제 발밑이나 진료실 제 의자를 차지하고 앉아있습니다. 미용 실장님도 잘해주고 간호사 선생님도 쫑순이를 많이 안아주지만 쫑순이는 늘 원장인 제 주변을 맴돌곤 합니다. 대신 단심이는 죽기 살기로 실장님만 따라다닙니다. 오죽하면 화장실까지 따라갑니다. 이처럼 아이들도 잘 맞는 사람과 죽이 잘 맞는 친구가 있답니다.

　아마 집에서도 그럴 겁니다. 다섯 식구에 강아지 2마리를 키우는 뽀삐네 집을 보면, 뽀삐와 두유 둘 다 엄마 껌딱지입니다. 아빠도 예뻐라 하고 언니 오빠도 있지만 뽀삐, 두유 둘 다 엄마 무릎에 서로 앉아 있겠다고 싸운답니다. 가끔 엄마가 외출을 하는 날에만 언니들과 놀고 아빠에게는 간식을 줄 때만 오니 정작 아빠는 항상 서운해한답니다. 반대로 먹이고 재우고 목욕시키는 건 엄마인데 우쭈라는 아이는 아빠 바라기입니다. 퇴근 시간이면 현관에서 마중을 나가자고 보채는 아이라 결국 매일 저녁이면 아파트 주차장에서 아빠와 감격의 포옹을 합니다. 딱히 아빠가 잘해주는 것도 없다는데 아빠만 좋아하고 아빠 근처를 항상 맴도니 아빠 보호자도 신기해할 정도랍니다. 이렇게 아이들도 자신들이 좋아하는 사람이 있고 더 친하게 지내려는 강아지, 고양이 친구도 있답니다.

병원에 오는 손님 중 많은 분이 본인들의 강아지를 쫑순이와 친구들에게 보여주면서 친하게 지내라, 서로 놀아보라 합니다. 그러나 아이들이 서로 처음 만났는데 놀기가 어디 쉬울까요? 거기다 데리고 온 곳은 무서운 동물병원이니 더 싫을 것입니다. 산책길에 강아지를 만날 때도 마찬가지입니다. 볼 것도 많고 냄새 맡을 것도 많은데 산책길에 처음 만난 친구와도 갑자기 사귀라고 하면 어떤 친구들은 부담스러울 것입니다. 심지어 요즘은 반려동물 놀이터나 운동장이 많은데, 그곳에서도 무작정 친구를 사귀

기란 쉽지 않습니다. 덩치가 크거나 텐션이 지나치게 높은 아이들이 무작정 달려오면 웬만한 강심장 아이들도 무서울 겁니다. 그러니 한 번씩 애견 카페에 갔다가 다치거나 놀라서 병원에 오는 아이들이 있습니다.

또 다른 가족을 입양하는 경우도 비슷합니다. 나이가 10살이 넘어간 아이들의 경우는 하루가 지루해 보여도 그들 나름대로 평화로운 일상 루틴이 있습니다. 그런데 혼자 외롭다고 아기 강아지를 입양하거나 불쌍한 유기견을 덜컥 데려와 가족으로 잘 지내라고 하면 아이 입장에서도 당황스러울 수 있습니다. 아기 강아지의 경우 천지 분간을 못하는 철부지라 언니고, 오빠고 상관없이 밥도 **뺏어** 먹고 이리저리 사고를 치는 탓에 원래 키우던 아이가 잠도 편하게 못 자는 경우도 많습니다. 결국 동생이라고 잘 지내라고 데려왔는데 기존 반려견이 구토나 설사를 하기도 하고 심한 경우 스트레스성 방광염에 걸려 피오줌을 누기도 합니다. 보호자가 불쌍하다고 데려온 유기견이 한 아이, 두 아이 식구가 늘면서 다툼도 늘고 싸우다가 다치는 경우도 많습니다. 결국 눈물을 머금고 파양하는 사례도 자주 있답니다.

그러니 정말 아이들을 사랑하신다면 아이들에게도 각자의 성향이라는 게 있으니 내 아이에게 잘 맞는 친구들을 찾아주시고 때로는 다른 친구들과 적응하고 알아가기까지 시간을 주셨으면 좋겠습니다. 쫑순이도 다른 아이들을 가족으로 받아들이는 데 시간이 걸렸습니다. 비밀을 말씀드리자면 병원도 다섯 식구가 평화를 찾기까지 오랜 시간이 걸렸답니다. 처음 입양을 결정한 순정이와는 너무나 잘 지내서 '진작 친구 만들어 줄걸'이라는 마음이 들었지만, 그 이후 단심이는 힘들었습니다. 단심이는 조용하면서도 도통 속을 알 수 없는 아이라 심지어 원장인 저조차 적응이 힘들었습니다. 그러려니 하고 지내다 보니 자연스레 적응하기까지 반년이 넘게 걸렸답니다. 참고로 그렇게 아기 강아지를 좋아하는 쫑순이어도 병원을 날아다니는 4개월짜리 웰시코기 강아지는 힘들어하더라고요.^^;

0월 0일
날씨: 포근한 밤바람에 생각이 꼬리에 꼬리를 무는 날

Happy? or Unhappy?
나 김퐁순의 소. 확. 행

　동물병원에서 살면 다른 아이들이 경험하지 못하는 많을 일들을 겪는다. 보통의 강아지, 고양이라면 같이 지내는 친구가 있어도 하나, 둘인 경우가 많을 것이다. 그래서인지 병원에 오는 아이들은 보통 낯가림도 심하고 엄마 품에서 떨어질 줄을 모른다. 그렇지만 나는 아니다. 우선 나는 다섯 식구와 살고 있고 원장님, 실장님, 간호사님 등등 대식구와 함께 살고 있다. 거기다 매일 방문하는 손님, 그리고 손님을 따라오는 강아지, 고양이 때로는 햄스터와 토끼 등 여러 아이를 만나다 보니 웬만해선 놀라는 일이 없다. 이렇게 살아가다 보면 좋은 일도 있고 싫은 일도 있다. 매일이 좋을 수 없다는 건 병원 생활을 하면서 금방 알게 되었다. 반대로 매일 싫은 일만 벌어지지 않는다는 것도 안다. 그저 어느 날은 행복한 일이 가득하고 어느 날은 슬픈 일이 하루를 채운다. 하지만 견디다 보면 또 좋은 날이 오고 그러면 나는 또 행복하게 산다. 하루 이틀, 그리고 한 달 두 달 살면서 나는 내가 무엇을 좋아하는지, 무엇을 싫어하는지 더 잘 알게 되었고 둘을 구분해 좋아하는 일은 마음껏 즐기고 싫어하는 일은 잘 견디는 법을 배웠다.

우선 내가 좋아하는 건 다음과 같다. 첫째, 동물병원에 오는 손님들과 아이들이다. 여러 생김새와 각기 다른 성격의 아이들을 보는 것은 무척 재미있다. 병원에 오는 아이 중에는 호기심이 넘쳐 여기저기 참견하는 아이도 있고, 뭐가 그리 무서운지 부들부들 떨면서 소파 아래 숨어있는 아이도 있다. 안쓰러워 곁에 가서 달래주려고 하면 난리도 그런 난리가 없다. 소리를 지르고 더 숨어버리는 아이를 보면 도와주려다가 괜히 민망해진다. 어떤 친구는 아주 생각 없이 해맑기도 하다. 쳐다만 봐도 웃음이 나는 아이들이라 병원에 오면 병원 분위기가 환해진다. 이런 아이들을 보살펴 주고 예뻐해 주는 사람들을 만나는 것은 내가 아주 좋아하는 일이다. 이런 분들은 나와 내 친구들도 예뻐한다. 항상 눈에는 사랑의 하트가 떠 있고 친절한 목소리로 우리에게 말을 건다. 이렇게 내가 좋아하는 아이들, 좋아하는 사람들을 보는 게 나는 참 좋다.

둘째로 내가 좋아하는 것은 원장님과 실장님 그리고 병원 식구들이 행복해 보일 때이다. 나와 친구들이 우다다 뛰어놀 때 세상 흐뭇하게 우리를 보는 원장님이 좋다. 예쁘게 꽃단장시키고 연신 사진을 찍는 실장님의 손길이 좋다. 간식과 장난감도 혼자 먹는 것보다 뺏고 뺏기고 술래잡기하면서 먹고 노는 게 훨씬 맛있고 재미있다. 저녁 7시에 다들 퇴근하고 나면 우리 세상이라 나부터 병원 안을 휘젓고 다닌다. 구석에 숨겨진 장난감을 찾는 것도 재밌고 창고에 있는 사료 한 봉지를 훔쳐서 뜯어 먹고 있는 짱이 옆에서 단체로 사료를 우걱우걱 먹는 것도 좋다. 고양이 네로는 비록 우리와 다르지만, 꼭 우리 옆에서 자고 우리랑 같이 행동한다. 개껌도 한 번씩 먹으려고 하니 개인지 고양이인지 웃긴 상황도 벌어진다. 이렇게 친구들과 우당탕거리면서 놀다가 따뜻하고 푹신한 방석 위에서 서로 기대어 잠이 들 때면 너무너무 행복하다.

세 번째로 내가 좋아하는 건 나의 병원이다. 날마다 새롭고 날마다 따뜻하며 무엇보다 동화책에 나오는 과자의 집처럼 간식거리가 넘쳐나서 좋다. 사람들은 나와 친구들을 집도 없고 주인도 없다고 불쌍히 여기지만 내게는 동물병원이 나의 집이다. 병원 바로 앞은 초등학교여서 넓은 운동장이 있고 벚꽃 나무와 장미가 있어 봄이면 아주 예쁜 꽃이 핀다. 여름이면 에어컨 바람이 시원하고 겨울이면 히터를 틀어 따뜻해서 손님들도 부러워한다. 거기다 아프면 바로 치료받을 수 있고 종일 심심할 틈이 없어 매일 재미있는 모험이 가득한 곳이다. 이렇게 내가 안전하게 그리고 행복하게 살 수 있는 나의 동물병원은 내가 세상에서 제일 좋아하는 곳이다.

물론 항상 이렇게 좋기만 한 건 아니다. 그러면 내가 싫어하는 것은 무엇일까? 첫 번째로 나는 모든 손님을 좋아하지는 않는다. 손님 대부분은 좋은 분이지만 아닌 경우도 있다. 특히 어두운 새벽에 차가 멈추고 병원 앞을 서성이는 손님을 나는 좋아하지 않는다. 오랜 경험으로 알 수 있다. 누군가를 버리고 가기 위해 이곳에 왔다는 것을. 또 병원에 와서 입원시키거나 미용을 맡기고 연락을 끊어버리는 손님도 싫다. 병원에 와서는 키우기 힘들다, 냄새가 심하다, 늙어서 애교가 없다, 돈이 많이 든다 등등 매번 같은 소리를 하는 손님도 싫다. 그래서 나는 병원에 오는 손님 모두를 좋아하지는 않는다. 솔직히 싫은 손님도 많다. 난 아무렇지 않은데 자꾸 불쌍하다고 육포를 바닥에 던지면서 동정하는 손님도 싫고, 자꾸만 못생겨서 버린 거 아니냐고, 병원 개가 왜 이리 뚱뚱하냐고 잔소리하는 손님도 싫다. 원장님 말씀처럼 세상엔 별별 사람들이 다 있으니 '좋은 사람만 보고 살자.'라며 마음을 달래봐도 싫은 건 싫은 거다.

두 번째로 싫은 건 미친 친구들이다. 정말 아파서 그런 경우는 이해하지만, 그냥 이유 없이 짜증을 내고 물고 하는 친구들은 정말 답이 없다. 이럴 때 원장님을 옆에서 보면 아주 부처님이 따로 없다. 달래도 보고 조용하게 설득도 하고 조심스레 아주 사정사정하며 진료한다. 아예 무릎 꿇고 진료할 때도 있다. 치사하고 어이가 없다. 이런 친구들이 나는 싫다. 병원이 무섭거나 아프고 힘들어서 협조 안 하는 게 아니라 그냥 '다 싫어~'병에 걸린 친구들을 보면 한숨이 나온다. 한번은 입원해 있는 다섯 시간 내내 짖는 친구가 있었는데 정말 힘들었다. 링거를 맞고 있으니 풀어줄 수도 없고 결국 간호사 선생님이 몇 시간을 안고 있었는데 안고 있어도 버둥버둥 야단법석이다. 정말, 답답 그 자체인 친구들을 지켜보는 일은 내가 제일 싫어하는 일이다.

마지막으로 내가 제일 싫은 것은 원장님과 실장님이 힘든 걸 보는 거다. 힘들어하는 이유는 많다. 일이 많아서 힘들어하기도 하고 손님들의 오해에 속이 상하기도 한다. 한 번씩 뒷마당에서 울 때도 있고 화가 나서 창고에서 소리를 지를 때도 있어 나도 옆에서 덩달아 화가 난다. 원장님은 밤에 입원한 강아지를 보러 올 때 무척 피곤해 보이고 치료받던 아이들이 하늘나라로 가는 날이면 퇴근할 때까지 말이 없어진다. 그런 날은 나도 우울하다. 실장님도 미용하다가 물려서 퉁퉁 부은 손으로 점심을 먹는 걸 보면 마음이 아프다. 사과도 안 하고 가는 손님을 보면 한편으론 화가 나기도 한다. 이렇게 병원에서 살다 보면 싫은 일도 참 많다.

이처럼 좋아하는 것도, 싫어하는 것도 나는 분명하다. 그럼에도 나는 좋아하는 게 더 많다고 생각한다. 그러니 앞으로도 좋아하는 걸 더 좋아하며 살려고 한다. 내가 할 수 없는 일보다 내가 할 수 있는 일, 바로 오늘 하루 즐겁게 살아가는 일에 집중하면서 살고 싶다. 나와 친구들이 그렇게 살아야 원장님과 실장님도 우리를 보며 마음 편히 웃는다. 그러면 나도 행복해진다. 사실은 나는 그걸로도 충분하다.

바쁘다 바빠~ 어디가 아파서 왔나요?
나의 동물병원 근무 일지

어느덧 나도 엄연한 병원 직원이라 하루종일 열심히 근무한다. 손님이 오면 친절하게 맞이하고 입원한 아이가 있으면 열심히 지켜본다. 중간중간 놀기도 하고 낮잠도 자긴 해도 보통은 병원을 방문하는 손님들과 아이들을 잘 챙기려고 한다. 아무리 병원이 내가 먹고 자는 집이라고 해도 동시에 원장님과 다른 직원들 그리고 내가 일하는 직장이기도 하니 지켜야 할 것들이 많다. 출퇴근 시간 지키는 건 기본이요, 언제나 아픈 아이 특히, 응급으로 병원에 오는 아이를 최우선으로 하는 것은 나의 업무 철칙이다. 거기다 손님들이 오고 갈 때 불편한 점이 없도록 최선을 다해야 한다. 그렇기에 나도 원장님을 도와 열심히 병원을 지킨다.

보통 동물병원에 아파서 오는 아이들은 두 종류로 분류되는데, 하나는 가볍게 아파서 오는 경우 그리고 또 다른 경우는 심각한 병에 걸려 오는 경우이다. 우선 가볍게 아파서 오는 아이들은 대부분 다음과 같다. 첫째로, 배가 아파서 온다. 평소 먹던 음식도 과식하거나 안 먹던 음식을 먹었을 때 보통 복통을 호소한다. 대표적으로 명절 때 기름진 음식을 먹고 오거나 여름철 입맛이 없다고 삼계탕이나 과일을 많이 먹고 오는 경우가 이에 해당한다. 산책길에 만난 친구에게 얻은 간식을 먹고 배탈이 나기도 한다. 이런 아이들은 대부분 토하거나 밥을 안 먹고 힘이 없다. 때로는 설사도 한다. 이런 경우 보호자들은 다 똑같은 말을 한다. 옛날에는 안 그랬는데, 특별히 먹은 게 없는데, 저번에 먹일 때는 괜찮았는데…. 그러면 원장님 역시 같은 말을 한다. 강아지들의 나이는 사람과 달라 작년 다르고 올해 다르다고, 당연히 저번이 다르고 이번이 다를 수 있다고….

　두 번째로 피부병에 걸려 오는 아이가 많다. 피부병도 종류가 다양하지만 보통 귀를 긁어서 오거나 발가락을 핥고 깨물어서 온다. 우리는 사람보다 체온이 높고 몸이 털로 덮여있다 보니 피부온도가 쉽게 올라간다. 거기다 목욕하고 꼼꼼히 말려주지 않으면 피부가 습해져서 피부병이 잘 생긴다. 특히나 산책을 다녀와 매일 발을 씻기거나 물티슈로 발을 닦아주다 보니 무좀이나 습진이 잘 생긴다. 거기다 낮에 집에 혼자 있는 아이들은 심심하다 보니 자기 발가락을 빨고 깨무는 습관이 생긴다. 마치 사람들이 손톱을 깨무는 것처럼 강아지도 자기 발을 사탕처럼 빤다. 그래서 사람들은 이걸 발사탕이라고 한다. 발사탕 때문에 병원에 자주 놀러 오는 보람이라는 강아지가 있었는데 병원에서 손님도 구경하고 우리랑도 놀다가 보니 바빠서 발을 핥지 않았다. 그렇게 종일 놀다가 집으로 돌아가서는 피곤하니 쿨쿨 잠이 들어 결국 발을 빠는 습관을 고칠 수 있었다. 이처럼 피부병은 약물로 치료도 하지만 생활환경을 바꿔줌으로써 치료하기도 한다.

그 외에도 결막염 같은 눈병이 나거나 계단을 급하게 내려가다 다리를 삐끗하여 오는 아이도 있다. 어떨 때는 친구들과 싸우다가 발톱이 부러져서 오는 일도 있다. 한 번씩 정말 당황스러울 때도 있는데 엄마가 외출한 사이 가출을 시도했다가 하룻밤 새에 완전히 탈진해서 병원에 오는 아이도 있다. 때로는 집에서 미용을 하려고 가위로 털을 자르다가 귀 끝이나 꼬리 끝에 상처가 나서 놀라 뛰어오는 손님도 있다. 보통은 큰 상처가 아니지만 상처 부위에서 피가 나니 처음 겪는 사람들은 당황하기 마련이다. 이처럼 가벼운 증상으로 오는 아이들은 주사 맞고 약을 먹이면 치료가 빨리 된다. 당연히 원장님도 안심이고 나도 금방 회복되어 잘 노는 친구들을 보면 뿌듯한 마음이 든다.

하지만 때로는 가벼운 증상을 보이는 병도 때에 따라

심각한 병으로 진행되기도 하고 원래 나이가 많아서 위험한 상태로 병이 깊어져서 오는 아이들도 있다. 내가 사는 병원이 오래되다 보니 나이 든 강아지가 많은데 당뇨병이나 심장병 등 치료가 힘든 질병으로 오래 고생하는 아이들도 종종 본다. 거기다 요즘은 암으로 힘들게 투병하는 아이가 많아 때때로 병원이 무거운 분위기일 때가 많다. 나이가 많은 여자 강아지는 자궁에 고름이 차는 병으로 수술해야 하기도 하고 평소 고기와 과일을 많이 먹던 아이들은 결석이 생겨 피오줌을 누는 경우도 많다. 이런 친구들은 나이가 많은 편이라 수술의 위험성도 높아서 여러모로 원장님은 걱정이 많다. 거기다 이런 무서운 병들은 또 다른 문제를 안고 있다. 바로 진료비에 대한 부담이다. 아무래도 치료 기간도 길고, 수술해야 하는 경우도 많다 보니 입원비나 수술비가 많이 나온다. 게다가 심장약이나 항암제 같은 치료 약들은 비싸서 손님들의 부담이 크다.

그래서 원장님은 오늘도 잔소리 대마왕이다. 매일 만나는 강아지들이 비만해지지 않도록, 그래서 당뇨병이나 심장병이 생기지 않도록 잔소리한다. 병원에 오는 모든 아이를 꼼꼼하게 만지고 살펴서 뒷다리 관절이 튼튼한지, 양쪽 눈은 충혈되어 있지 않은지, 이빨은 튼튼한지, 요리조리 머리부터 발끝까지 훑어본다. 간식을 사러 오거나 산책길에 들른 강아지도 예외는 없다. 진료실이 아니어도 대기실 소파에서도 연신 아이들을 살펴본다. 앞에 설명한 것처럼 병원은 아픈 아이 말고 아프지 않게 미리 예방하러 오는 아이들도 있다. 특히 원장님이 신경 쓰는 아이들이다. 말 못 하는 강아지, 고양이는 병이 생기기 전에 미리 예방하는 것이 최선이라는 게 원장님 생각이다. 그래서 예방접종, 기생충이나 진드기 예방에 더욱 철저하다. 하루가 바쁘게 지나가고 오후 5시가 넘으면 원장님은 늘 컴퓨터를 째려보고 있다. 오늘 다녀간 초코가 괜찮을지, 바빠서 잠깐 본 사랑이에게는 혹시 빠트린 건 없는지 생각한다.

그런 원장님 곁에서 나 역시 오늘 하루 바빴다. 아프지 않은 아이들이 오면 열심히 병원 구경도 시켜주고 기다리는 아이들이 지루해할까 봐 잠깐 놀아주기도 했다. 몹시 아프거나 치료가 중단되는 아이들이 있는 진료실에서 울음소리가 나기도 했는데 그럴 땐 최대한 가만히 자리를 지키려고 노력했다. 그리곤 원장님 곁으로 가서 원장님 발밑에 살며시 궁둥이를 붙이고 앉았다. 그러면 원장님은 나와 눈을 맞추고 나의 머리를 부드럽게 만져준다. 나는 아무 말 하지 않고 그렇게 잠깐 시간을 보냈다. 그러면 또 마음이 괜찮아졌다. 이렇게 나는 구경도 하고 참견도 하다가, 위로도 하면서 하루를 보냈다. 오늘도 웃기도 울기도 하면서 동물병원에서 바쁜 하루를 보냈다. 아~ 개~피곤하다.

아플 때 먹으면 좋은 음식을 알려드릴게요!

병원에 오는 많은 아이가 아파서 오지만 주사 맞고 약 먹고 정성스레 치료하면 대부분은 잘 회복합니다. 물론 그중에는 심각한 병에 걸린 아이도 있고 오랜 치료 기간이 필요한 아이도 있지만 보통의 경우는 잘 간호해주면 건강해집니다. 이럴 때 보호자들이 가장 많이 물어보시는 질문이 바로, '아플 때는 무엇을 먹여야 하나요?'입니다. 특히나 장염에 걸리면 구토와 설사를 하고 식욕이 떨어지다 보니 보호자분들은 무엇을 먹여야 하는지를 가장 많이 물어봅니다.

예를 들어 "토할 때는 물 먹여도 되나요?", "설사할 때는 밥 먹여도 되나요?", "입맛이 없는지 사료를 안 먹어서 힘이 없는데 뭘 먹여야 하나요?"와 같은 질문을 가장 많이 합니다. 아이 상황에 따라 다를 수 있으나 기본적으론 위염이든, 장염이든 살짝 금식 또는 절식이 필요합니다. 다시 말해 속을 비우기 위해 음식을 주지 않는 게 좋습니다. 사람도 과식하거나 잘못 먹은 음식으로 배탈이 나면 속이 울렁거리고 아무것도 먹고 싶지 않습니다. 이럴 때는 오히려 속을 비우는 것이 회복에 도움이 됩니다. 강아지들도 하루 정도 금식하고 물만 먹으면 불편한 속이 더 빨리 진정됩니다.

이렇게 배가 아픈 아이들 외에도 여러 이유로 아파서

밥을 잘 먹지 않는 경우 빈속에 약을 먹일 수 없으니 보호자분들은 걱정이 될 것입니다. 아이들을 키우다 보면 귓병이나 눈병, 피부병이나 무릎을 다치는 등 다양한 경우를 겪게 되고 가벼운 질병의 경우 식욕이 떨어지지 않지만 어떤 병이든 진행이 되면 아픈 아이들은 말로 표현을 못 하니 제일 먼저 나타나는 반응이 잘 움직이지 않는 것과 식사량이 줄어드는 것입니다. 사람도 두통이 심하거나 넘어져서 허리를 삐끗하면 움직이기도 귀찮고 밥맛도 없기 마련입니다. 강아지, 고양이의 경우 10살이 넘고 12살이 지나면 완전히 노령동물이 됩니다. 딱히 아픈 곳은 없어도 소화 기능도 떨어지고 변비처럼 배변이 정체되는 경우도 많아 식욕이 없는 경우가 많습니다.

거기다 대부분의 아픈 아이들은 밥을 안 먹으면 물도
잘 안 먹는답니다. 거기다 구토와 설사를 하면 밥과 물을
더 안 먹으니 당연히 탈수가 진행되고 몸에 힘이 없으니
축 처지게 됩니다. 결국 아이들은 꼼작 않고 엎드려 있다
보니 입맛을 더 잃게 됩니다. 사람이면 학교도 가야하고
출근도 해야 하니 억지로라도 밥을 챙겨 먹겠지만 반려동
물은 그렇지 않습니다. 그럴 땐 북어를 삶거나 닭고기를
삶은 물을 주시면 좋은 냄새가 나는 국물이 입맛도 되살
려 주고 탈수를 교정해주는 데 도움이 됩니다. 조금 입맛
을 찾으면 북어 삶은 물에 사료를 소량 불려서 급여하시
면 더 좋습니다. 조금 더 음식을 먹이고자 할 때는 평소 좋
아하고 즐겨 먹던 간식(물론 질기거나 덩어리가 큰, 또 기
름진 간식은 제외)을 소량씩 잘게 다지거나 물에 불려 먹

이면 좋습니다. 때로는 흰 쌀밥을 부드럽게 죽처럼 만들어서 소량씩 먹여도 소화가 잘됩니다. 아픈 친구들은 미각보다 후각에 더 반응하기 때문에 음식을 데워서 냄새를 풍기면 좋답니다. 사람도 라면 냄새에 큰 매력을 느끼듯 강아지와 고양이도 좋은 냄새가 나는 음식을 더 선호한답니다. 그래서 음식을 살짝 코끝에 묻혀 주면 킁킁 냄새를 맡고 혀로 코에 묻은 음식을 핥으면서 입가에 침이 고이도록 좀 더 식욕을 자극해 주면 좋습니다.

또한, 병원에는 구토 설사에 도움을 주는 회복식도 있고 아이들의 나이와 질병에 맞는 음식도 준비되어 있습니다. 요즘은 특히나 맛도 형태도 다양하게 나와 골라 먹이기 좋습니다. 때로는 몸에 좋은 음식보다 입맛을 북돋아

줄 수 있는 맛 좋은 음식이 도움이 될 때도 있습니다. 심하게 아프고 난 후에는 정말 입맛이 뚝 떨어지고 특히 나이가 많은 아이들은 식욕이 없어 밥 먹이기가 쉽지 않습니다. 솔직히 사람도 아플 때는 떡볶이, 순대처럼 자극적인 음식을 먹고 싶은 것처럼 강아지, 고양이들도 정말 맛있는 냄새가 나는 육포나 고기 캔을 주어야 할 때도 있습니다. 아픈 아이들에게는 무엇보다 식욕을 되찾는 게 중요하기 때문이죠. 무조건 몸에 좋다고 흰죽을 주는 것이 아니라 소량씩이어도 맛있는 간식으로 차츰차츰 식욕을 끌어 올리면 좋습니다. 이런 목적으로 맛과 향이 강한 음식을 주기도 합니다. 결론적으로 어떤 특별한 음식이 있는게 아니라 아픈 내 아이가 잘 먹을만한 음식을 잘 소화, 흡수할 수 있게 양 조절을 해서 주는 게 중요합니다. 거기에 사랑 한 스푼을 첨가하면 더할 나위 없겠죠.

봄, 여름, 가을, 겨울
계절마다 아픈 곳도 모두 다른 내 친구들

지금은 여름이다. 몹시 더운 날이 계속된다. 하지만 병원은 덥지 않다. 내가 사는 병원은 항상 일정온도를 유지한다. 여름은 덥지 않게, 겨울은 춥지 않게…. 그러다 보니 내가 느끼는 계절은 바깥 풍경이나 병원에 오는 아이들을 통해 느낄 수 있다. 계절별로 아이들의 건강 상태도 달라지고 병원에 오는 이유도 달라진다. 대부분 시간을 병원에서 보내는 나의 경우는 계절에 따른 바깥 날씨의 영향을 크게 받지 않지만 진료받으러 오는 강아지나 고양이들은 나와는 다르다. 봄에 아파서 오는 아이들도 있고 꼭 찬 바람이 부는 가을에서 겨울로 넘어가는 시기에 병원에 오는 아이도 있다. 동물병원에서는 컴퓨터에 아이마다 진료기록을 남기는데 이를 '차트'라고 한다. 신기하게도 작년 그리고 올해 진료기록을 살펴보면 비슷한 계절에 비슷한 증상으로 병원에 오는 경우들이 많다. 그래서 원장님은 한 번씩 농담으로 "사랑아~ 올해는 아프지 말고 겨울 넘겨보자."라며 예방접종을 하러 온 강아지에게 당부를 한다. 참고로 사랑이는 늘 겨울이 되면 밤 기침을 많이 해서 보호자를 힘들게 한다.

보통 봄에는 겨우내 집에만 있던 강아지들이 밖으로 나온다. 춥다고 겨울 동안 털을 안 깎은 상태로 지내다 보니 대부분의 강아지가 북극곰처럼 털이 덥수룩하고 산책을 못해서 통통해져 있다. 게다가 겨우내 이불 속에 있다 보니 피부는 각질이 많고 건조하다. 이런 아이들이 길었던 털을 깎고 안 하던 산책도 신나게 하면 건조한 피부는 가려워서 벅벅 긁어 상처가 나기도 하고 갑작스러운 산책으로 몸살이 나기도 한다. 게다가 봄에는 꽃가루 등 알레르기가 많은 계절이라 눈이 충혈되거나 재채기 콧물로 병원에 약을 타러 오는 아이도 많다. 또, 봄에는 날씨가 따뜻하다가도 갑자기 추워지기도 하는데 오랜만에 털을 깎다 보니 체온 조절이 안 되어 감기에 걸리는 아이들도 많다.

여름은 더위와의 전쟁이다. 대부분 혼자 집에 있는 경우 실내 온도가 높아서 아이들이 힘들다. 사람처럼 스스로 시원한 물도 마시고 샤워도 하면서 열을 식히지 못하는 아이들은 그저 헉헉거리면서 열이 나는 상황을 버틴다. 병원은 손님들이 매일 오니 늘 에어컨을 켜지만 집에선 그렇지 못하고 특히 아이들이 짖으면 소음으로 신고가 들어온다고 가끔 문을 닫고 외출하는 보호자들도 있다. 그러다 아이들이 더위를 먹고 실려 오는 경우도 생긴다. 산책하러 나왔다가 뜨거운 아스팔트에 발바닥이 화상을 입기도 하고 계곡 물놀이 등을 다녀와 귓병, 피부병이 생기는 경우도 많다. 게다가 여름은 입맛이 떨어져 보양식을 먹고 배탈이 나서 오는 경우도 많고 더운 날씨에 상한 음식을 먹고 설사하는 아이들도 자주 온다.

가을은 가을대로 문제이다. 보통 산책하기 좋은 날씨에 캠핑 등을 다녀오며 진드기에 노출되는 아이들이 많다. 거의 매일 진드기에게 물려서 오는데 가볍게 몇 마리 정도는 약만 바르면 되지만 심할 때는 피부가 울긋불긋 알레르기로 난리가 난다. 그중에 몇몇은 진드기가 옮기는 여러 질병에 걸려 진드기를 제거하고 나서도 몇 주간 빈혈이나 관절염으로 고생하는 아이들도 있다. 가을에는 추석이라는 명절도 있어 과식이나 평소에 안 먹던 기름진 음식을 먹고 췌장염이 생겨 병원에 오는 경우도 많다. 거기다 보호자 모르게 복숭아나 자두 같은 씨앗을 삼키는 아이도 있어 결국 수술까지 하는 일도 많다.

마지막으로 겨울은 병원이 조용하다. 전반적으로 겨울에는 아픈 아이들이 적다. 추워서 바깥 외출이 줄다 보니 다치는 일도 별로 없고 진드기에게 물릴 일도, 여름처럼 상한 음식을 먹을 일도 없다. 하지만 찬 바람이 부는 계절이어도 산책은 해야 하니 기침 환자들도 늘고 실외 배변 배뇨를 하던 친구들이 외출을 줄이다 보니 방광염이나 변비가 생기는 경우도 많다. 한 번씩 전기장판에 너무 오래 누워있다가 배 쪽에 화상을 입고 오는 아이도 있다. 살은 찌고 잘 안 움직이다 보니 관절이 굳어 나이 든 개들은 관절염으로 고생하는 계절이기도 하다.

이렇듯 봄이면 봄, 여름이면 여름, 계절별로 아픈 아이들이 있다. 그래서 보호자들이 미리 준비하고 미리 계획하면 좋을 것 같다. 그래서 오늘도 원장님은 반복해서 설명한다. 봄에는 이렇게, 저렇게 여름도 가을도 이렇게, 저렇게 미리미리 준비하라고 알려준다. 지금의 계절에는 무엇을 피해야 하는지, 어떤 간식을 먹이는 게 안전한지…. 그리고 아이가 평소 약한 부분이 어딘지를 살펴서 조심할 건 없는지 폭풍 잔소리한다.

오늘도 원장님은 보람이 엄마에게 30분 넘게 설명 중이다. 반려동물 동반 펜션에 놀러 간다는 보호자에게 12살의 보람이가 그 펜션을 낯설어하고 잠도 잘 못 자고 힘들어할 수 있다고. 젊은 강아지 따라 뛰다가 다칠 수도 있고 특히 시원해지라고 계곡물에 수영시킨다고 넣어서도 안 된다고…. 그리고도 한참을 이야기한다. 다른 강아지들이 먹는다고 아무 간식이나 얻어먹으면 안 된다고, 차에선 보호자 무릎에 안겨서 가면 에어컨 바람을 정통으로 맞으니 조심하라고…. 어쩌고, 저쩌고…. 그러면서 2박 3일 놀러 가는 보람이에게 멀미약, 배탈약, 상처가 날 때 바르는 연고, 진드기약 등등 챙겨주는데 내가 보기에 걱정은 원장님만 한다. 정작 보람이는 아무 생각이 없고 보호자분은 신나 보이는데…. 나는 오히려 그런 보람이가 부럽기만 하다. 그렇지만 나는 안다. 몇 년간 병원에서 지내다 보니 꼭 놀러 갔다 온 강아지들이 아파서 온다. 배가 아프고 발바닥이 까지고 눈이 충혈되어 온다. 그리고 며칠을 아프다가 링거를 맞는 아이들도 많이 봤다. 그래서인지 원장님은 여름에는 휴가를 안 간다. 많은 아이가 아파서 오기 때문에 그냥 병원에서 대기 상태로 있는다.

아무튼 봄이든, 여름이든 나는 병원 소파에 앉아 계절이 바뀌는 걸 본다. 봄에 피는 벚꽃도 보고 여름엔 시끄럽게 우는 매미 소리도 듣는다. 병원에 오는 아이들을 보면서 또 한 번 느낀다. 이렇게 또 한 계절이 지나가는구나. 이 여름이 지나면 곧 가을이 오고 내가 좋아하는 겨울도 오겠구나. 그러면 나는 또 원장님과 따뜻한 진료대에서 배를 깔고 누워있을 것이다. 그런 계절이 오기 전 이번 여름과 이번 가을도 무사히 지나가길 빌어본다. 열사병으로 실려 오는 아이도 없고, 가을철 뱀에게 물려오는 아이들도 없이 크게 아픈 친구, 위험한 친구 없이 계절이 지나가길 기도한다. 그래서 원장님도 나도 그리고 내가 사랑하는 나의 병원도 봄, 여름, 가을 그리고 겨울 평화롭기를 간절히 바라본다.

계절별 질병과 예방법을 정리해 드릴게요!

동물병원에서 오래 일하다 보면 계절별로 아픈 아이들을 보게 됩니다. 사계절이 뚜렷한 우리나라의 경우는 계절별로 유행하는 질병도 있고 해마다 특정 시기에 비슷한 증상으로 병원에 오는 아이들도 많습니다. 그럼, 계절별로 유행하는 질병과 예방법에 대해 정리해 알려드리겠습니다.

봄: 봄에는 산책을 나갔다가 진드기에 물려서 오는 경우와 알레르기로 콧물, 재채기로 고생하는 아이들이 옵니

다. 또한, 봄에는 전염병도 많이 발생하는 편입니다. 파보 장염처럼 구토와 피 설사를 하는 전염병의 경우 해마다 3월~4월에 입양되어오는 아기 강아지나 6개월 미만의 강아지들이 산책을 하는 등 외부 활동을 하다가 전염병에 노출됩니다. 예방접종을 철저히 한 아이들은 감염되지 않거나 걸려도 가볍게 아프고 회복되지만 그렇지 못한 경우나 어린 아기 강아지, 아기 고양이의 경우 치명적인 증상으로 무지개다리를 건너기도 합니다. 이를 예방하기 위해선 무엇보다 내 아이는 내가 지킨다는 마음으로 예방주사 및 진드기 예방약 등을 챙겨 주고 산책이나 나들이 후에는 아이의 몸 구석구석을 꼼꼼히 살펴봐 주시면 좋습니다.

특히 요즘은 반려견 놀이터나 운동장을 방문해 놀이 활

동을 하는 경우가 많다 보니 몸살이 나서 오는 친구들이 있습니다. 겨울에는 산책도 덜하고 아무래도 운동량이 부족하다 보니 아이들의 다리근육과 관절이 굳어있기 마련인데 봄이 오고 날씨가 좋다는 이유로 산책을 나가니 준비운동 없이 격렬히 뛰고 달리다 보면 근육에 무리가 갈 수 있습니다. 또한, 혼자서 놀면 스스로 달리기 속도와 호흡을 조절하는데 반려견 운동장에서 만난 친구가 극강의 텐션업 아이라면 함께 놀다가 내 아이가 뻗어버리는 경우도 있습니다. 겉보기엔 강아지들이 뛰어놀고 구르면서 노는 것으로 보일 수 있으나 엎치락뒤치락하면서 다치는 경우도 많고 전력 질주로 뛰다 보면 심장박동이나 호흡에 문제를 일으키는 경우도 있으니 주의하셔야 합니다.

여름: 여름에는 사건 사고가 가장 잦습니다. 이중 가장 큰 요인은 바로 '더위'입니다. 대부분의 강아지, 고양이들이 더운 낮에 혼자 있기 마련인데 생각보다 많은 보호자가 에어컨이나 선풍기를 틀지 않은 채 문을 닫고 외출합니다. 그러면 실내 온도가 올라가고 사람보다 기초체온이 높은 강아지들은 고양이들과 달리 쉽게 흥분하고 스스로 더위를 피하거나 식히려고 노력할 수 없으니 쉽게 고체온증으로 열사병에 걸립니다. 해마다 여름이면 차량에 잠깐 두었다가, 혹은 집에 두고 나왔는데 40도가 넘는 고열로 쓰러진 아이들이 병원에 옵니다. 산책할 땐 햇볕이 쨍쨍한 시간보다는 해 뜨기 2시간 전, 해가 지고 2시간 후가 좋습니다. 사람과 달리 지면과 가까이에서 걷는 강아지의 경우 지열을 그대로 흡수해서 쉽게 열이 납니다. 게다가 산

책 도중 보호자가 강아지 힘들다고 안아주는 경우가 많은데 보호자의 체온과 강아지의 체온이 만나 더 열이 오르니 가급적 더운 시간대 산책을 피해야 합니다. 또한, 중간에 물과 얼음팩 등 체온을 낮춰줄 방법을 미리 챙겨서 외출에 나서야 합니다. 생각보다 많은 아이가 산책 중 탈진하거나 발바닥이 뜨거운 아스팔트에 화상을 입고 온답니다.

이와 더불어 여름은 더위가 심하다 보니 자주 목욕을 시키는 경우가 많은데 목욕 후에 잘 말리지 않으면 피부 질환이 생길 수 있습니다. 그럼에도 더운 날씨라 드라이로 두피까지 꼼꼼히 말리기보다는 수건으로 닦아주기만 하고 구석구석 말리기를 소홀히 하여 병원에 찾는 경우가 종종 있습니다. 특히나 여름 장마철이면 온도와 습도가 올

라간 환경에선 털이 있는 강아지의 경우 피부질환이 발생하기 쉽습니다. 사람 발가락 무좀처럼 강아지들도 발가락 무좀과 귓병 그리고 몸 곳곳에 습진과 같은 피부병이 많이 생깁니다. 이처럼 여름은 강아지들의 건강에 많은 이상이 발견될 가능성이 큰 계절이니 아이들의 건강관리에 특별히 관심을 기울여야 합니다.

가을: 가을에는 추석이 있다 보니 추석 전 성묘를 하러 가거나, 캠핑을 하러 가서 진드기나 뱀에 물려서 오는 사고들이 종종 있습니다. 진드기 감염증도 가볍게 볼 질병은 아닙니다. 사람에게도 치명적인 살인 진드기 감염증도 있고 진드기에 물리면 진드기만 제거하면 되는 것이 아닌 진드기가 매개하는 여러 질병(바베시아 등 빈혈을 유발

하거나 관절염을 유발하는 질병에 감염)에도 주의를 기울여야 합니다. 이와 같은 질병에 노출되면 아이들이 여러 증상을 보입니다. 보통 이런 진드기 매개 질병은 처음에는 뚜렷한 증상이 없어 한동안 잊고 지내는데, 아이들이 구토나 설사를 하고 식욕이 떨어지고 빈혈이 심해지는 등 몸이 안 좋아져서야 혈액검사를 하고, 그를 통해 질병에 걸린 것을 알게 됩니다. 이렇게 되면 치료 기간도 길어지므로 미리 예방하는 것이 더 좋답니다. 추석 때도 꼭 사고뭉치 아이들이 대형 사고를 치고 오는데 포도를 씨까지 오는 친구, 제사상에 있는 삼색 꼬지를 이쑤시개까지 꿀떡 삼켜서 오는 아이, 거기다 동태전, 가자미전 같은 기름진 음식을 훔쳐먹고 병원에 오는 아이들도 있습니다. 참고로 추석 당일 큰 조기 생선을 통째로 급하게 삼키려다 목에 가시가 걸려 응급수술을 한 일도 있으니 각별히 조심하셔야 한답니다.

　겨울: 겨울에는 난방을 하게 되어 실내 환경이 많이 건조합니다. 그러다 보니 평소 기관지가 좋지 않은 친구들은 건성 기침으로 고생하는 경우가 많습니다. 어떤 친구는 엄마랑 꼭 껴안고 전기장판에서 이불 덮고 자다 보니 피부가 극도로 건조해져서 각질로 덮여 밤새 긁느라 정신없는 아이도 있습니다. 또한, 대부분 겨울에는 운동량도 적다 보니 살이 찌고 관절이 굳어서 실내에서 스트레칭이나 놀이 활동을 해주지 않는 경우 삐걱삐걱 관절통으로 절뚝이는 아이들도 많습니다. 또, 꼼짝하지 않고 앉아 있는 시간이 많다 보니 소화불량으로 배가 빵빵 가스가 차

서 오는 경우도 있답니다. 당연히 겨울철 발생하는 이런 문제들을 미리 막으려면 가습기 등으로 쾌적한 실내 환경도 만들어 주어야 하고 피부도 보습제 등으로 건조하지 않도록 관리해 주어야 합니다. 아파트 실내에서도 그리고 아파트 복도 등 집 내외부, 더 나아가 실내 운동장 같은 곳을 미리 찾아서 규칙적인 운동을 할 수 있게 해주는 것도 필요합니다.

To. 보호자님들
김쫑순이 전하는 강아지의 생로병사

　동물병원에서는 참 많은 일이 일어난다. 가끔 병원에서 제왕절개 수술로 아기가 태어나기도 하고 나이가 많아 생을 마치는 아이들도 있다. 그래서 나는 아기 강아지의 탄생부터 하늘나라로 떠나는 마지막 순간까지 여러 사연을 지켜보았다. 아마 이런 경험은 다른 친구들이 겪지 못하는 일일 것이다. 물론 나 역시 모든 순간을 보지는 못한다. 하지만 병원에서 지내면서 기쁨의 시간도, 슬픔의 시간도 겪으며 살고 있다. 그러다 보니 어린 친구들을 데려오는 보호자, 나이가 많아 마지막을 준비하는 보호자분들에게 미리 말해주고 싶은 내용이 있다. 나의 이 일기를 보면서 친구들의 탄생과 성장, 그리고 나이 들어감을 이해하고 매 순간 사랑해 주길, 그리고 어느 날인가 이별의 순간이 다가오면 너무 아파하지 않기를 바란다. 그러면 우선, 병원에 오는 아기들에 관한 이야기를 먼저 해보겠다.

동물병원에서 만나는 아기 강아지들은 보통 펫샵에서 태어나 두 달 남짓한 상태로 입양된 아기들이다. 물론 간혹 자연분만을 못 해 병원에서 제왕절개로 태어나는 아기도 있다. 작년에 우리 병원에서도 루비라는 비숑 프리제가 여섯 마리의 아기를 제왕절개로 낳았다. 한 아이도 놓칠 수 없어 원장님과 간호사 선생님 그리고 미용사 선생님까지 모든 분이 힘을 모아 출산을 준비했고 엄마도 건강하게 그리고 아기도 건강하게 태어났다. 어미 젖을 물고 잠이든 비숑 프리제 아기들을 보는데 세상에서 제일 행복한 모습이었다. 아무튼 이런 경우는 드물고 보통은 펫샵에서 입양한 아기들인데 꼬물꼬물한 모습들이 정말 귀엽다. 가끔 아기 강아지가 병원에 한두 시간 머무르면 원장님이 보여만 주는데, 그럴 때면 나는 너무너무 좋다. 아기 냄새, 꼼지락거리는 발가락 그리고 반짝이는 눈동자까지 모든 게 좋다.

이런 친구들이 무럭무럭 자라면서 눈빛에서 장난기가 넘치고 때로는 삐딱해지는 사춘기가 오기도 한다. 온 세상 무서울 게 없는 시기이다. 짖고 까불고 물기까지 하는 친구들이다. 그러면 원장님의 팩트폭격이 시작된다. 지금 시기를 잘 보내야 커서도 바르게 자란다고, 반찬 투정을 하듯 잘 먹던 사료도 안 먹고 간식만 먹으려고 하거나 아무 때나 짖고 아무 곳에서나 뛰어다니면 안 된다고 가르친다. 이때 보통 아이들은 중성화 수술을 하러 병원에 온다. 아주 가끔은 먹어서는 안 되는 이물질을 삼켜 수술하러 오기도 한다. 보통 보호자들이 힘들어하는 시기이다. 하지만 나는 안다. 시간이 지나면 대부분의 문제는 해결된다. 물론 잘 교육해서 예의가 바른 그리고 건강한 생활 습관을 지닌 강아지로 키우면 좋다. 그래서 원장님은 작게 키운다고 음식을 적게 먹이거나, 무분별하게 간식을 줘서 비만견이 되는 경우가 없도록 보호자들을 교육한다. 또 안전한 산책은 어떻게 하는지, 병원이나 미용실 등을 방문해서는 어떻게 행동해야 하는지도 설명한다. 이런 말썽꾸러기 시절이어도 여전히 예쁘고 사랑스럽다.

이렇게 예쁜 아이들도 자라면 어른이 되고 나이를 한 살 두 살 먹는다. 완전히 자란 친구들은 자신만의 성격도 있고 좋아하는 것, 싫어하는 것도 분명해진다. 이때는 자기 고집이 생겨 보호자들도 어쩌지 못하는 행동을 하는 아이도 있다. 그래도 철도 들고 눈치도 생겨 보호자들이 한결 키우기 편해지는 시기이다. 나도 몇 년째 보지만 도통 이해가 안 되는 투덜이 친구도 있고 세상 정신없는 텐션의 친구도 있다. 항상 화가 난 채로 병원에 오는 아이도 있고 보호자 품에 숨어 부끄러워하는 아이도 있다. 그래서 나도 좋아하는 친구도 있고 솔직히 싫어하는 친구도 있다. 그래도 나는 겉으로는 표 안 나게 모두에게 친절하게 대한다. 왜냐하면 나는 병원 강아지로서 나름의 역할이 있으니까. 아무튼 이렇게 나이를 먹어가면 한군데씩은 아픈 곳이 생기기 마련이고 자주 아파서 병원에 오는 친구들도 생겨난다. 물론 용가리 통뼈 체질로 한 번도 안 아프고 건강한 친구들도 있다. 세상 부러운 아이들이다.

하지만 아무리 건강한 아이여도 그리고 아무리 젊고 쌩쌩한 강아지여도 결국 나이를 먹는다. 10살이 되고 13살, 15살이 되면 노령견이라고 불린다. 나도 그렇게 되어가고 있다. 사람들이 100세 시대라고 이야기하는 것처럼 강아지도 오래 살게 되었다고 한다. 요즘은 스무 살까지도 사는 친구들이 있다 보니 원장님도 내게 스무 살까지 같이 살자고 한다. 이렇게 노령견이 되면 우선 외모에서부터 변화가 있다. 더 이상 반짝거리지 않는다. 털도 빠지고 거칠어진다. 눈도 탁해지고 이빨도 빠지며 허리도 굽은 채로 걷는다. 걸을 때도 한 걸음, 한 걸음 다리가 흔들흔들 휘청거린다. 보고 있으면 슬프고 안쓰럽다. 그래도 분명한 건 나이가 들수록 각자 성격들이 있어 더 까칠하고 꼬장꼬장하게 살아간다는 거다.

그런 친구들의 곁에는 든든한 보호자가 있다. 하루 세 끼 밥을 정성 들여 챙겨 먹이고 몸 여기저기 아플까 살피면서 돌보는 사랑 넘치는 보호자가 있다. 그분들을 존경한다고 원장님은 늘 이야기한다. 그래서 나이 든 친구들이 아프지 않게 도와주고 그 친구들을 지켜주는 보호자들께 힘이 되어주려고 한다. 나 역시 병원에 나이가 많고 눈이 보이지 않는 또는 휘청거리며 천천히 걸어 다니는 노령견이 오면 조심조심 곁을 지킨다. 그리고 그 친구들이 아무리 맛있는 음식을 먹고 있어도 절대 뺏어 먹지 않고 옆에서 묵묵히 기다린다. 혹시나 눈치가 없고 식탐이 과한 순정이와 짱이가 껄떡거리면서 훔쳐 먹을까 봐 감시도 한다.

이렇게 병원에는 많은 친구가 온다. 나도 아기였을 때가 있었고 어른이 되었으며 지금은 나이가 들었다. 내가 본 원장님도 10년간 세 아이를 낳은 엄마가 되고 나이가 들었다. 그동안 병원에서 아기들이 태어나고 세월이 흘러 하늘나라로 가는 걸 보면서 많은 생각을 했다. 마지막까지 친구들의 곁을 지켜주는 분들을 보면서, 그리고 나와 내 친구들을 지켜주는 원장님을 보면서 여러 생각을 했다. 나는 아프더라도 조금만 아팠으면 한다. 그래서 원장님이 덜 힘들었으면 한다. 그리고 시간이 많이 흘러 내가 매 순간 행복했던 것처럼 나의 마지막도 행복하고 평화롭기를 바란다. 내가 없어도 내가 사랑했던 나의 동물병원과 나의 원장님이 조금만 슬퍼하고 오래도록 행복하기를 기도한다.

0월 0일
날씨: 덥다, 더워! 시원한 에어컨 바람 쐬며 뒹굴뒹굴하기 좋은 날

쫑순이의 수첩 공개!
동물병원에서 일어나는 일
A to Z

내가 사는 동물병원은 울산에서도 외곽에 있는 작은 규모의 병원이다. 작은 병원이어도 나름의 공간이 나뉘어 있다. 제일 먼저 병원 출입문을 열고 들어가면 접수실과 용품이 진열된 매장 내부, 그 옆에 미용실이 있다. 그리고 바로 앞에 진료실, 약제실 그리고 입원실이 있다. 이게 전부다. 그리고 뒷문으로 나가면 원장님을 포함한 직원분들이 옷을 갈아입는 탈의실 겸 창고가 있고 화장실로 이어지는 조그만 마당이 있다. 그러고 보니 없는 거 말고는 다 있다. 이런 작은 동물병원에서도 많은 일들이 이루어진다. 오늘

은 동물병원에서 일어나는 일에 대한 일기를 쓰려한다.

　우선 동물병원이니 아픈 아이들을 치료한다. 위치가 울산 울주군이다 보니 강아지, 고양이 외에도 가끔 새도 다쳐서 오고 닭이나 소 같은 동물들 진료도 문의 전화가 온다. 한번은 쓰러진 고라니가 구조되어 와서 원장님이 링거를 맞춰 치료한 적도 있다. 보통은 배탈이 나거나 피부병에 걸려 긁고 상처가 나서 오는 아이들을 치료한다. 감기에 걸린 고양이도 오고 산책길에 싸움이 나서 다친 친구도 치료한다. 여러 가지 이유로 병원에 와도 주사 맞고 약 받아 가면 며칠 후 언제 그랬냐는 듯이 건강해진다. 병원에선 간단한 수술도 한다. 중성화 수술도 하고 이빨이 썩으면 스케일링도 한다. 때론 먹지 말아야 할 것을 삼켜 수술로 꺼내기도 한다. 비교적 가벼운 병에 걸린 아이들은 괜찮은데 큰 수술이 필요하거나 며칠 밤을 입원해야 하는 경우는 시내에 있는 24시간 운영되는 병원으로 보내기도 한다. 예를 들면 전염병에 걸린 강아지는 격리 입원실도 필요하고 생명을 위협하는 심각한 질병이라 밤에도 간호해야 해서 우리 병원에서는 치료가 어렵다.

　또 다른 중요한 일은 강아지, 고양이가 아프지 않게 미리 예방하는 일이다. 원장님은 동물은 말을 못 해 아파도 표현 못 하니 아프기 전에 건강관리에 더 신경을 써야 한다고 이야기한다. 따라서 예방접종도 철저히 하고 심장사상충 같은 기생충 예방도 철저히 한다. 거기다 산책하러 자주 나가는 아이들은 진드기 예방도 해야 하고 비만으로 성인병이나 관절에 무리가 갈까 봐 체중 관리도 필수로 해야 한다. 그러다 보니 병원에 오는 아이들은 아파서 왔든, 사료를 사러 왔든, 또는 산책길에 놀기 삼아 들렀든 무조건 체중계를 피할 수 없다. 또 나이가 들수록 시력도 떨어지니 평소에 눈 건강을 위해 눈곱이 많이 끼지는 않는지, 충혈은 없는지, 앞으로 백내장 같은 질병이 발생하지 않을지 검진하고 필요시 예방하는 안약을 처방한다. 나와 순정이, 단심이, 네로도 한 달에 한 번은 진료대에서 눈, 코, 입을 꼼꼼히 검진받고 필요한 예방을 한다. 병원에서 살다 보니 혹여 아픈 친구들에게 병이 옮을 수도 있고 반대로 내가 병원에 오는 다른 친구들에게 병을 옮길 수도 있으니 더 철저히 챙긴다.

또 다른 중요한 일도 있다. 동물병원이지만 아이들이 건강하게 살 수 있도록 모든 서비스를 하는 곳이라 미용실도 같이 운영한다. 그러면서 피부병도 체크하고 귓병도 있는지 살펴본다. 한 번씩 발톱이 길어 발바닥을 파고든 친구들도 있는데 미용하면서 발견하기도 한다. 어제 다녀간 밍키라는 시추 강아지도 미용하면서 계속 귀를 긁어서 검진해 보니 염증으로 귀가 부어있고 주변이 짓물러 있는 상태였다. 귓속은 잘 안 보이고 털에 덮여 있다 보니 보호자도 몰랐다고 했다. 밍키는 미용을 마치고 귀 치료도 함께 받고 가니 보호자도 이제 안심이다. 이처럼 미용을 하면서 아이들의 건강을 관리한다. 단순히 예쁘게만 아니라 아이들이 건강하게 생활할 수 있도록 꼭 필요한 게 미용이다.

그 외에도 또 중요한 게 용품을 파는 일이다. 요즘은 대형용품점이 있어 다양한 물건을 파는 곳도 있고 인터넷으로 용품을 주문하는 보호자도 많다. 하지만 병원에도 여러 가지 아이에게 필요한 사료와 영양제 그리고 각종 생활에 필요한 용품들을 판매한다. 병원 공간이 작다 보니 용품 진열장도 작아 많은 물품을 갖다 놓지는 못하지만, 아이들의 나이와 건강에 꼭 필요한 용품을 판매한다. 어린 강아지에게 필요한 물건이 있고 나이 든 아이에게 필요한 물건이 있다. 또 피부병이 있는 아이, 피오줌을 누는 아이, 자주 토하는 아이 등 건강 상태에 따라 먹여야 하는 사료가 다르고 영양제와 건강보조식품도 다르다. 원장님은 그때그때 상황에 맞는 걸로 추천한다. 가끔 이빨이 약한 아이에게 너무 딱딱한 개껌을 먹여 이빨이 깨져서 오는 아이들도 있고 뒷다리 관절이 안 좋은데 멜빵바지 같은 옷을 입혀 오는 손님도 있는데 이 경우 원장님은 한숨을 쉰다. 생각보다 많은 보호자가 내 아이에게 맞지 않거나 불필요한 물건을 사는 경우가 많다. 아이들은 선택권이 없으니 내 아이에게 제일 잘 맞는 먹을거리, 입을 거리 등을 잘 골라야 하는데 그러기 위해선 여러 가지 따져봐야 한다. 그래서 오늘도 원장님은 손님들과 용품에 대해 하나하나 묻고 답하느라 바쁘다.

이외에도 많다. 요즘은 동물등록을 필수로 해야 하는 세상이다. 마이크로칩이라고, 나의 보호자가 누구이고 나는 누구인지를 나라에 등록하는 일이다. 나와 친구들도 했다. 그래서 병원문이 열려 집을 잃어버리더라도 우리는 안심이다. 우리 모두 원장님 이름으로 동물등록이 되어 있으니 말이다. 또 산책길에 주인을 잃어버린 아이들이나 다친 동물들을 임시 보호하는 일도 하고 있고 길고양이들을 중성화 수술해주는 일도 한다. 갑작스레 사고를 당하거나 나이가 많고 지병으로 무지개다리를 건너는 아이들의 보호자분을 대신해서 장례도 병원에서 챙겨드린다. 거기다 원장님은 초등학교, 중학교로 수의사 특강을 하러 가기도 한다. 반대로 병원으로 수의사와 애견미용사를 꿈꾸는 고등학생들이 직업 체험을 하러 오기도 한다. 봄, 가을엔 지역 행사에 무료 건강검진 봉사도 가서야 하고 반려동물 한마당 같은 축제도 준비하니… 결론적으로 원장님은 정말 바쁘고 병원도 바쁘게 돌아간다.

이처럼 동물병원에선 정말 많은 일들이 일어나고 원장님을 비롯해 직원분들도 많은 일을 한다. 나도 처음에는 몰랐다. 그냥 병원에 아픈 친구가 오면 치료하는 곳이라고만 생각했다. 하지만 몇 년 동안 병원에서 살다 보니 정말 생각지도 못하는 사건, 사고도 많이 봤다. 외출한 사이 집에서 사고를 치는 강아지를 CCTV로 확인한 보호자가 급하게 요청해 원장님이 집으로 출동한 적도 있다. 그 외에도 병원에서는 비슷한 체격과 잘 맞는 성격의 강아지들을 산책 친구로 소개해 주기도 하고 휴가철이나 명절에 맡길 곳이 없는 아이들을 보호하는 호텔링도 한다. 이렇게 강아지, 고양이 친구들과 관련된 모든 일을 하는 곳, 그래서 기쁠 때나 슬플 때나 그리고 아플 때나 건강할 때나 모든 순간을 아이들과 함께하는 곳이 동물병원이다. 가장 가까이에서 반려동물과 함께 살아가는 보호자들을 돕고 때론 보호자를 대신해 친구들을 보살피는 곳. 나는 이곳에서 함께 웃고 함께 슬퍼하며 하루하루 함께 살아간다. 나의 동물병원과 나의 원장님이 그렇게 살아간다.

동물병원도 종류가 다양하답니다
나는야 열공소녀 쫑순이!

동물병원에 살다 보니 내겐 이곳이 세상 전부이다. 한 번씩 원장님 집에 가기도 하고, 소풍 간다고 바닷가로 놀러 간 적도 있지만 보통은 지금 살고 있는 병원에서만 생활한다. 그러던 어느 날 원장님과 차를 타고 먼 곳에 있는 대학병원에 가본 적이 있다. 난 평소에 자주 설사를 하는데 예전엔 주사를 맞고 약 먹으면 금방 나아졌지만 나이가 들수록 더 자주 아프고 예전만큼 빨리 낫지도 않는다. 그래서 약도 계속 먹어야 하고 맛있는 간식도 많이 먹지 못해 속상하다. 아무튼, 나처럼 나이가 들고 만성적으로 아

픈 아이들이 늘어나니 원장님은 멀리 있는 대학병원에서
수업을 듣는다. 원장님이 듣는 수업의 이름은 '한방 수의
학'이라고 한다. 거기엔 나처럼 자주, 그리고 오래 아픈 친
구들이 많았다. 그곳에서 교수님이라는 분이 진찰을 하고
내게 맞는 한약도 추천해 주었다. 약 먹는 건 힘들지만 덕
분인지 요즘은 간식을 많이 먹어도 배도 덜 아프고 입맛
도 좋다. 이때 알았다. 내가 살고 있는 병원보다 더 크고
더 많은 사람이 일하는 병원도 있다는 것을. 우리병원에
서도 원장님이 직접 진료 보던 아이를 다른 큰 병원에 소
개하기도 하고 때로는 보호자분이 원장님께 큰 병원으로
간다고 이야기하는 일도 있다. 그래서 나는 궁금했다. 큰
병원은 어떤지, 얼마나 큰지, 그리고 큰 병원은 크기만 큰
지, 하는 일도 다른지. 그곳에도 나처럼 병원에서 사는 친
구들이 있는지….

  앞에 이야기한 것처럼 원장님은 워낙 여러 가지 일을
하는데 그중의 하나가 학교에서 수의사라는 직업을 알리
는 강의를 하는 것이다. 그러다 보니 강의 내용을 병원에

서 연습할 때가 있는데, 그럴 때면 나는 앞에서 학생 역할을 한다. 그렇게 수업 아닌 수업을 듣다 보니 알게 되었다. 수의사는 정말 다양한 동물을 다루고 동물병원 역시 종류가 다 다르다는 사실을. 참고로 원장님의 남편도 수의사이다. 그래서 나는 처음에 함께 동물병원을 운영할 거라고 생각했는데 아니었다. 두 분은 각각 병원을 한다. 원장님 남편분이 진료하는 동물은 닭이라고 한다. 그 병원도 우리 병원처럼 진료실, 약제실 등이 있지만 입원실 같은 건 없고 닭 말고도 소도 진료하고 돼지도 진료한다. 주로 병원에 아픈 동물이 오는 게 아니라 왕진과 출장, 그러니까 농장으로 수의사가 방문해서 진료한다. 이렇듯 동물병원도 내가 사는 병원처럼 강아지, 고양이를 담당하는 병원이 있고 닭, 소, 돼지 같은 축산 동물을 진료하는 병원도 있다. 또 말을 전담하는 동물병원도 있고 고슴도치나 거북이 같은 특수동물을 다루는 병원도 있다.

이런 여러 동물을 치료하는 병원에 대한 문의 외에도 우리 병원에 오는 아픈 친구들과 보호자들은 자주 "수술도 해요? 입원도 가능해요?"라고 질문한다. 특히 내가 사는 동물병원이 워낙 작다 보니 이런 질문을 자주 받는다. 게다가 수의사 선생님이 여자라서 그런지 큰 진돗개 등을 키우는 보호자 분들은 당연히 진료를 못 한다고 생각하기도 한다. 그러면 원장님은 자세히 설명한다. 우선 우리 동물병원에는 진돗개나 레트리버처럼 대형견은 입원할 공간이 없다. 한번은 응급상황이라 진돗개를 입원실 손잡이에 줄을 묶어 입원시켰는데 다음날 오니 문을 통째로 뜯어서는 그 위에 앉아있었다. 링거 맞고 힘이 나는 건 반가웠지만 결국 원장님은 수리하느라 고생을 했다. 그 이후로는 덩치가 큰 아이가 오면 주사나 약 처방 같은 진료만 하고 입원이나 수술 등은 규모가 큰 병원으로 소개해 드린다. 또 입원하면 밤에 수의사나 간호사가 아픈 아이들을 챙겨야 하는데 원장님도 간호사님도 모두 저녁 7시면 퇴근이다. 그래서 심각한 질병에 걸린 아이들은 중환자실이 운영되는 병원으로 이동을 추천해 드린다. 이렇게 동물병원도 진료 범위가 다르고 근무하는 수의사 선생님과 간호사 선생님들의 숫자에 따라 병원의 규모가 다르다.

보통 내가 살고 있는 병원은 1차 병원이라고 불리는데 수의사 선생님, 간호사 선생님, 미용사 선생님 등 3~4명이 근무한다. 일반적으로 아침부터 저녁까지 운영되고 일요일이나 공휴일은 휴무인 경우가 많다. 하지만 2차 병원으로 불리는 대형병원은 수의사 선생님도 5~10명으로 많고 간호사 선생님도 여러 명 근무한다고 한다. 당연히 입원한 아이를 돌보느라 병원은 24시간 운영되고, 연중무휴여서 밤에도 응급실을 운영하고 일요일이나 명절에도 진료한다. 생명을 위협하는 중대 질병이나 수술은 이곳에서 진행된다. 그보다 더 규모가 큰 병원이 바로 대학병원이다. 주로 교수님들이 진료를 보고 그 아래 정말 많은 수의사 선생님이 각자 자신의 분야에 맞는 진료를 한다.

보통 1차 개인병원은 모든 기본적인 진료를 수의사 1명이 책임진다. 그래서 오전엔 피부병이 걸린 강아지와 구토하는 고양이를 진료하고 오후에는 눈병이 난 강아지와 귀에 염증이 생긴 고양이를 진료한다. 그리고 중간에는 서로 싸워서 상처가 생긴 강아지를 치료하거나 중성화 수술을 한다. 즉 피부과 내과 그리고 외과 진료까지 다 본다. 결론적으로 1차 병원 수의사인 우리 원장님은 모든 범위의 진료를 한다. 하지만 심각한 병의 경우는 2차 병원이나 대학병원에 가야 한다. 그곳은 진료과별로 수의사가 정해져 있으므로 정밀한 검사 후 치료가 이루어져야 한다.

이처럼 동물병원은 종류도 다양하고 진료의 범위와 내용도 다르니 내게 맞는 동물병원을 찾는 일이 중요하다. 무조건 큰 병원이라고 좋은 것도 아니고 반대로 심각한 증상을 보이는 아이를 제대로 된 진단 없이 1차 병원에서 약만 받아 치료하는 것도 옳지 않다. 예를 들어 수박을 먹고 설사하는 강아지를 2차 병원에 가서 이런저런 검사를 다 하고 입원하는 건 너무 과한 진료이다. 물론 아기 강아지나 나이가 든 강아지라면 이야기가 다르다. 기초 체력이 약하거나 지병이 있는 경우 설사로 시작해도 심각한 병으로 진행되기도 하지만 보통의 경우라면 가볍게 음식을 제한하고 지사제 등 설사를 멎게 하는 약만 처방받으면 된다.

반대로 간에 종양이 생겨 상태가 위중한 나이 든 몰티즈의 경우라면 동네 병원에서 약만 먹이면 안 된다. 되도록 빨리 검사를 받고 수술로 제거할지 항암을 할지 결정해야 한다. 이런 결정은 보호자가 하기 어렵다. 그래서 평소에 자주 방문하는 병원을 정하고 믿을 수 있는 수의사와 아이의 건강 상태에 대한 상담을 자주 해야 한다. 내가 정말 말하고 싶은 건 아이 상태에 따라 원장님과 상담 후 적절한 치료 계획을 세우고 그에 따라 우리병원이든, 2차 병원이든 가면 좋다는 거다. 다시 한번 강조하지만, 막연히 큰 병원이 더 잘하니 가야 한다는 것이 아니라 현재 내 아이에게 맞는 병원을 찾는 게 더 중요하다. 그보다 더욱더 중요한 건, 큰 병원에 가야 할 만큼 아프거나 병이 깊어지기 전에 미리 건강관리에 힘쓰는 것이다. 이상, 원장님의 수제자 김쫑순의 노트 필기를 마치도록 하겠다.

나의 사랑, 나의 가족
사랑은 끝까지 책임지는 것

앞선 일기에도 썼듯, 나에게는 가족이 있다. 나와 친구들은 다섯 식구이고 원장님과 실장님 그리고 간호사 선생님, 미용사 선생님 등 모두 한 가족이다. 나와 친구들은 같이 밥을 먹고, 같이 놀고, 같이 혼나고, 같이 산다. 매일 투덕거리고 싸워도 잘 때는 꼭 붙어서 같이 잔다. 가끔은 원장님과 함께 퇴근해 원장님 집에 가는데 그곳엔 원장님과 같이 사는 가족들이 또 있다. 원장님 집에 내가 가면 난리가 난다. 아이들이 셋인데 서로 안고, 사진 찍고, 머리 빗겨주고…. 조금 피곤하기는 해도 그런 관심이 싫지는 않다. 이렇게 병원에서도, 집에서도 가는 곳마다 북적거리니 외롭지 않다. 그래서 나는 지금의 대가족에 아주 만족한다. 매일 시끌벅적한 나의 집과 나의 가족이 참 좋다.

나처럼 병원에 오는 아이들도 각자 다른 가족들이 있다. 아빠, 엄마, 형, 누나가 있는 집도 있고 할머니, 할아버지와 사는 아이도 있다. 때론 하나뿐인 가족과 사는 아이도 있다. 어린 아기와 사느라 하루 대부분의 시간을 베란다에서만 사는 아이도 있고 보호자는 한 명인데 강아지, 고양이가 여섯 식구인 집도 있다. 한번은 하늘이라고 몰티즈가 왔는데 보호자만 무려 일곱 명이었다. 아빠, 엄마, 큰언니, 작은언니 그리고 근처에 산다는 큰엄마, 큰아빠, 오빠까지…. 원장님은 진료하면서 설명을 어느 분에게 해야 하는지 헷갈려 했다. 구토해서 왔는데 다섯 명이나 되는 가족분들이 서로 이런저런 이야기를 해서서 결국 원장님이 교통정리를 해야 했다. 반대로 혼자 사는 트럭 운전사 아빠를 둔 믹스견 마루는 아파도 병원에 올 수 없는 처지다. 아빠가 새벽에 나가 밤늦게 돌아오니 도통 마루가 병원에 올 시간이 없다. 이렇게 아이마다 가족의 모습이 다 다르다.

가족은 같은 공간에서 같은 시간을 공유하며 함께 사는 것이라고 원장님께 들었다. 병원에 오는 손님들이 원장님에게 나와 순정이, 단심이 등 친구들을 유기견이라 불쌍하다고 하면서 병원에서 밥을 주는 아이들이냐고 물어볼 때가 많다. 그러면 원장님이 꼭 이렇게 대답한다. 불쌍해서 밥을 먹이고 키우는 아이들이 아니라 우리 가족이라고. 병원 식구로 같이 사는 아이들이라고 이야기한다. 그리고 새로 병원에 출근하는 직원분들께도 우리를 소개할 때 똑같이 이야기한다. 이 친구들은 병원 식구이니 잘 지내야한다고. 가끔 유기견이나 길냥이를 입양해 오는 손님들에게도 같은 이야기를 한다. 아기 강아지를 분양받아 오는 사람들이나 고양이를 구조한 분들에게 귀여워서 데리고 오셨든, 불쌍해서 키우셨든 이제부턴 가족이니 잘 책임져야 한다고. 가족인데 귀찮다고 생각하거나 사고를 친다고 또는 이사를 간다고 심지어 나이가 들어 키우기 힘들다고 못 키우겠다고 하면 안 된다고…. 부모가 자식을 책임지 듯 아이들을 책임져야 한다고 이야기한다.

가족마다 서로 모습도 다르고 성격도 다르다. 좋은 환경의 가족도 있고 힘든 생활을 하는 가족도 있다. 어떤 경우 남보다 못한 가족도 있다. 모든 가족이 다 함께 좋아해서 키우는 집도 있지만 아이들 때문에 어쩔 수 없이 키우는 집도 있다. 할머니 혼자서 강아지를 키우시다가 건강이 나빠져 병원에 입원하게 되면서 아이를 맡길 곳이 없어 난감해지는 집도 있다. 맞벌이 가정에서 키우는 강아지는 집에 혼자 있다 보니 사고뭉치 말썽견이 되기도 한다. 또, 젊은 부부와 행복하게 살다가 아기가 태어나니 갑자기 천덕꾸러기가 되어 집 한쪽 구석으로 밀려난 친구도 있다. 물론 여전히 사랑받는 아이들도 많다. 하지만 그 못지않게 해가 갈수록 아이들에 관한 관심과 사랑이 식어가는 가족도 많다. 여전히 사랑하지만, 사는 게 바빠서 또는 환경이 바뀌어서 아이들이 우선순위에서 뒤로 밀려나는 경우도 많다. 나이가 들면 더 세심한 보살핌이 필요하지만, 현실은 그렇지 못하는 경우도 많이 봤다. 그런 사연들을 들을 때면 내가 다 마음이 아프다. 이때 가장 힘든 건 바로 나와 같은 아이들이라는 것을 잘 알기 때문이다.

그래서 원장님은 아이들을 만날 때마다 꼭 가족 구성원을 자세히 물어본다. 누구랑 사는지, 몇 명인지, 아이의 주 보호자는 누구인지 물어본다. 아플 때나 급할 때 도움받을 사람이 있는지 물어본다. 혹시나 아이들이 가족 중 누군가와 마찰이 있지는 않은지도 물어보고 비상 연락처도 조사한다. 특히나 혼자 키우시는 분들에겐 이모나 고모, 삼촌 등 한 번씩 아이들을 돌봐줄 사람이 있는지 물어본다. 그러곤 아이들의 생활기록부 같은 진료 차트에 꼼꼼하게 적어둔다. '이 친구는 이렇고, 저 친구는 저렇고' 사소한 내용이라도 다 기록해 둔다. 그리곤 보호자들이 병원에 오실 때마다 안부를 물으며 가정에 별문제가 없는지 살핀다. 왜냐면 혹시나 집집마다 변화가 있을 때 아이들의 생활에 문제가 있지는 않은지 미리 알아차리기 위해서이다. 남의 집 사정을 다 알 수는 없지만 그럼에도 오래 일하다 보니 원장님이 잘 알아맞히는 편이다. 그래서 어떤 어려움이 있을 때 조금이나마 도우려고 한다. 그래서 가끔은 원장님과 실장님이 아이들을 챙기러 비상 출동도 한다.

병원에서 오래 살면서 사랑에는 책임이 뒤따른다는 것을 배웠다. 특히나 사랑하는 가족이 되어준다는 건 무한 책임을 진다는 거다. 내가 모든 걸 다 책임질 수 없을 때 나를 대신해 내가 책임져야 할 것이 무엇인지를 정리하고 어떻게 책임질지를 준비하는 게 중요하다는 걸 병원에 오는 많은 아이를 보면서 알게 되었다. 그중에선 가족에게 버림받은 친구도 있고 새 가족을 만나 새 삶을 사는 친구도 있었다. 나의 경우도 비슷하다. 하지만 중요한 건 과거가 아니다. 현재 내가 사랑하는 그리고 나를 사랑해 주는 나의 가족과 함께 어떻게 살아갈 것인가가 중요하다. 아이들에겐 그리고 나에겐 가족이 세상 전부이다. 예쁜 옷도 맛있는 육포도 좋지만, 나는 내 가족이 더 좋다. 이런 내게 가족이 되어준 원장님과 실장님이 있어 행복하다. 그리고 원장님 말씀처럼 우리 병원에 오는 아이들은 다 우리 가족이다. 그러니 때때로 시끄럽고 정신 사나운 친구들이 와도 짜증 내지 말아야겠다. 그래서 오늘도 병원에서 3시간째 짖고 있는 초코에게 화를 내지 않기 위해 열심히 참고 있다. 속으로는 '초코야! 제발 그만 짖어라~'하면서 말이다.

분리불안, 혼자는 힘들어요.
강아지도, 보호자도 힘든 분리불안 극복하기!

많은 반려견이 분리불안 증상으로 힘들어합니다. 분리불안 증상을 앓는 아이들을 케어하는 보호자 역시 아이들을 두고 외출도 마음대로 못 하고 여행은 엄두도 못 냅니다. 어쩔 수 없이 애견 호텔 등에 맡겨야 하는 경우에는 아이들도, 보호자도 그리고 아이들을 보살피는 임시 보호자들도 다 힘들답니다. 쫑순이는 자란 환경 탓인지 분리불안이 없는 편입니다. 혼자 지낸 일이 거의 없다 보니 오히려 혼자 있는 시간을 즐기기도 합니다. 하지만 많은 아이가 정도의 차이가 있을 뿐 분리불안 증상이 있고 그 문제로 병원에 상담 전화도 많이 옵니다.

　병원에서 본 최고의 분리불안견은 포도라는 푸들이었습니다. 나이가 4살 정도로 다 자란 성견이었는데 분리불안이 매우 심했습니다. 그래서 포도 엄마는 포도를 두고 30분도 집을 비울 수 없다고 했습니다. 심지어 화장실 갈 때도 문을 열어 놓고, 택배 아저씨가 와서 물건을 받을 때도 포도를 가방에 넣고 어깨에 메고 아파트 문을 연다고 했습니다. 깜빡하거나 잠깐이어서 괜찮겠지 하는 순간, 얼마나 크게 짖는지 바로 아파트 경비실에서 방송을 한 정도라고 했습니다. 또한 집은 엉망진창으로 만들어 놓는데 문을 얼마나 긁어대는지 앞발톱이 부러져 피가 나는 상태로 병원에 와서 치료받은 적도 몇 번 있습니다. 급한 볼일이 있어 포도 엄마가 포도를 병원에 잠깐 맡기게 되어 입원장에라도 넣으면 난리가 납니다. 맡겨진 아이들을 병원에 풀어놓으면 어떤 친구들은 여기저기 냄새도 맡고 쫑순이와 놀기라도 하는데 포도는 이리저리 날뛰고 소리 지르고 어쩔 줄 모릅니다. 덩달아 단심이와 짱이도 안절부절못합니다. 결국 간호사 선생님이 포도를 가방에 넣어 어깨에 메고 두시간을 달랜 적도 있습니다. 이런 분리불안 증상은 계속 짖고 문을 긁고 여기저기 대소변 실수를 하는 등 다양합니다. 어떤 아이들은 자해를 하기도 하고 쇼파나 가구 등을 파괴하는 행동을 하기도 합니다.

이런 친구들을 자세히 들여다보면 나름의 문제의 원인을 찾을 수 있습니다. 어떤 아이들은 유전적으로 보호자에게 의존하는 성향을 가진 탓에 혼자 있는 상황을 극도로 두려워하기도 하고, 또 어떤 아이는 어릴 때 넘치는 사랑을 받다 보니 과잉보호로 혼자서도 해내는 과정을 배우지 못해 분리불안 증상을 보이기도 합니다. 환경의 변화를 이해하기 어려운 아이들이 결혼과 출산, 이사와 같은 갑작스러운 가족 구성원의 변화를 받아들이기가 어렵다 보니 없던 분리불안이 생기기도 합니다. 또한 나이가 들어가면서 시력이 약해지고 관절이 약해지면 아이들이 가정 내에서도 두려움을 느끼게 됩니다. 그러다 보니 불안감으로 보호자에게 의존적인 성향이 커집니다.

이런 분리불안은 증상의 정도에 따라 비교적 빨리 개선이 되기도 하고 오랜 기간 노력이 필요하기도 합니다. 중요한 것은 보호자의 꾸준한 노력입니다. 분리불안의 원인과 증상에 따라 해결법도 다릅니다. 그전에 분리불안을 사전에 예방하면 더 좋습니다. 아이들에게 사랑 넘치는 양육환경을 만들어 주는 것만큼 독립적인 생활도 가르쳐 주어야 합니다. 분리불안을 예방하기 위해 가정 내에 아이들이 안심하고 머무를 수 있는 아지트도 만들어주고 외출 시에는 장난감이나 간식 노즈 워크처럼 혼자서도 재밌고 놀거리를 준비해 주면 좋습니다. 평소 규칙적인 산책과 일정한 식사 시간을 지키게 함으로써 아이들이 일과를 안심하고 지낼 수 있도록 하면 좋습니다. 살다 보면 어쩔 수 없이 환경이 바뀔 때도 있겠지만 그럴 때일수록 아이들이 겪을 불안을 미리 줄이기 위해 서서히 환경에 적응할 시간을 주어야 합니다. 동시에 보호자를 대신해 아이들을 잘 케어해줄 동반자를 평소에 미리 만들어주면 더 좋습니다. 이런 여러 노력에도 분리 불안이 심한 아이들은 신경안정제로 불안감을 덜어주기도 하고 심리 상담과 놀이 훈련으로 증상을 줄일 수 있습니다. 다행인 건 이런 아이들도 나이를 먹으면 좀 나아지기도 합니다. 보통은 7살, 8살 때로는 10살이 되면 훨씬 덜해집니다. 결국 아이들 곁에서 사랑으로 기다려 주면 아이들도 보호자분들도 분리불안에서 자유로워지는 날이 온답니다.

친구들아 안녕?
언제나 즐거운 나의 산책길

요즘 같은 날씨에는 엉덩이가 근질근질하다. 병원 출입
문을 통해 들어오는 손님들에게선 가을 냄새가 물씬 난다.
바람도 좋고 길거리에 굴러다니는 단풍잎을 잡으러 달리
는 것도 좋다. 물론 친구들과 병원에서 술래잡기도 하고
간식 쟁탈전을 벌이면서 노는 것도 재밌지만 그래도 나는
바깥나들이가 가장 좋다. 나에겐 바깥나들이가 바로 산책
이다. 나는 산책을 참 좋아한다. 매일 산책 시간이 되면 발
을 동동 굴린다. 신나고 흥분된다.

나는 아주 어릴 때부터 이곳, 저곳으로 옮겨지며 살았지만 한 살이 훌쩍 넘을 때까지 산책하러 나가본 적이 없었다. 하지만 지금의 동물병원이 내 집이 되고 나서는 자주 산책하러 나간다. 보통은 원장님과 함께 나간다. 우리는 산책하러 갈 때마다 준비를 철저히 한다. 우선 김쫑순이라는 이름과 원장님 연락처가 새겨진 목걸이를 걸고 튼튼한 목줄과 배변 봉투, 휴지도 챙긴다. 왜냐하면 나는 펫티켓을 아는 예의가 바른 강아지니까.

처음 나가본 세상은 정말 신기한 것투성이였다. 바람도, 자동차 소리도, 사람들도 신기했다. 발바닥에 닿는 느낌도 다 달랐다. 여름철엔 뜨겁다고 원장님이 신발도 사주었는데 나는 오히려 바닥이 뜨거운 것도, 겨울에 차가운 것도 다 느끼고 싶었다. 냄새도 쿵쿵 다양했다. 길거리엔 풀도 있고 꽃도 있었다. 원장님과 은행에 들른 뒤 모퉁이 편의점을 돌아서 작은 공원에 도착했다. 거긴 흙과 모래가 있는 언덕도 있고 축축한 물웅덩이도 있다. 온통 재밌는 게 많다. 그중에서도 제일 좋은 건 간식거리를 파는 포장마차이다. 한 번씩 원장님과 들르는데 어묵 꼬치 같은 게 바닥에 떨어져 있기도 하다. 자주 가다 보니 사장님이 핫도그 조각이나 순대 한 조각도 주시는데 이건 내가 최고로 좋아하는 간식 중 하나다.

보통 산책은 원장님과 나만 가는데 그 이유는 순정이는 겁이 많다. 떠돌아다닐 때가 기억나는지 밖을 무서워한다. 장난감만 있으면 행복한 아이라 산책을 싫어한다. 단심이는 사고로 뒷다리가 절뚝거리고 오래 걸으면 아파하니 못 나가고 짱이는 산책만 나가면 5분 걷고는 땅에 엎드려 안아달라고 보챈다. 참고로 짱이 몸무게는 10킬로가 넘는다. 원장님이 절대 안을 수 없다. 살 뺀다고 원장님이 데리고 나가 억지로 산책시켰더니 발바닥이 다 까져서 치료하느라 힘들었다. 무거운 짱이를 안고 돌아온 원장님도 오후엔 몸져누웠다. 결국 산책은 나의 차지가 되었다. 산책하면서 계절이 바뀌는 것을 느끼는 게 즐겁다. 비 오는 날엔 비옷 입고 나간다. 발바닥에 닿는 찰박거리는 물소리도 좋다. 산책하면서 병원 손님들과도 인사하는데 다들 날 예뻐해 주니 그 느낌도 진짜 좋다.

이런 행복한 산책을 못 하는 날도 많다. 너무 덥고 너무 추운 날은 당연히 산책 금지다. 원장님도 그런 날은 나를 두고 혼자 외출한다. 미용을 한 날도 며칠은 산책을 하지 않는다. 미용하느라 오래 서 있어서 다리 관절에도 무리가 되고 털을 깎은 상태는 체온 조절이 안 되어서 감기라도 걸리면 큰일이라 병원 마당에서 10분 정도 짧은 산책만 한다. 간식을 많이 먹어 배탈이 났거나 봄철에 꽃가루가 날리거나 먼지가 심해도 산책을 줄인다. 그래도 나는 나가고 싶어 원장님 몰래 가출 아닌 가출을 하고 잡혀 오면 오후에는 혼이 난다. 억울해도 나름 원장님이 산책을 못 하게 하는 이유를 알아서 얌전히 꾸중을 듣는다.

산책은 행복하지만, 산책 후 아픈 친구도 있다. 나도 자주 보는 아이들인데 여름철엔 산책하다 더위를 먹기도 하고 발바닥 피부가 화상을 입은 듯 벌겋게 달아오른 강아지도 봤다. 미용하고 옷을 입혀 산책했다고는 해도 기침과 콧물 범벅으로 감기 걸려 온 12살 푸들 친구도 보았다. 2 살짜리 비숑 프리제 차돌이는 산책만 하러 나가면 흥분해 이리 뛰고 저리 뛰다가 결국 뒷다리를 들고 깽깽거리며 병원으로 온다. 너무 뛰고 설치다가 무릎 인대를 다친 거다. 내가 사는 동네에는 숲이 많아 진드기 천국이라 예방약을 소홀히 한 친구들은 얼굴과 발가락 사이사이가 진드기에 엄청나게 물려서 온다. 그래서 나도 산책하러 나갈 때는 진드기 예방약을 꼭 바른다. 이외에도 별별 경우가 다 있다. 지난주엔 목줄도 안 하고 산책하다가 서로 싸워서 눈도 다치고 귀를 물려서 피가 나서 온 아이도 있었고 어젠 산책하던 중에 보호자가 잠깐 한눈파는 사이 땅에 떨어진 탕후루 간식을 꼴딱 삼키고 온 친구도 있었다. 결국 그 아이는 주사를 맞고 다 토해내고서야 집으로 돌아갔다.

이렇다 보니 왜 원장님이 산책을 못 하게 하는지도 알 것 같다. 정확히 말하면 못 하게 하는 게 아니라 제대로 하라는 거다. 평소 원장님 별명이 잔소리 대마왕인데 잘 들어보면 다 맞는 소리긴 하다. 산책에 대해서도 엄청나게 잔소리한다. 보호자들께 하나하나 다 이야기한다. 여름철엔 가방이나 유모차에 태워 산책 겸 아이들을 데리고 다니는데 그럴 땐 가방이나 유모차 안에 얼음팩을 수건에 감싸서 넣고 다녀야 한다고 설명한다. 유모차나 가방 안은 더워서 아이들의 체온이 급격히 오르니 꼭 시원한 얼음팩을 넣어 다니라고 신신당부다. 또 사람은 서서 걸어 다니지만 강아지는 바닥에 붙어 걸어 다니니 바닥의 열기를 그대로 흡수하는 데다 체온이 사람보다 높고 땀으로 열을 발산하지 못해 금방 40도가 넘는 열사병에 걸린다고 한다. 그래서 여름 산책은 무조건 새벽이나 밤에 나갈 것을 당부한다. 7살이 넘은 아이들은 관절염이 있는 경우도 많고 사람처럼 푹신한 운동화를 신을 수도 없으니 신나게 산책하고 오면 발목과 무릎이 아픈 경우가 많다고 한다. 그래서 중간중간 안고 바닥이 푹신한 곳으로 산책 장소를 바꿔주라고도 한다. 거기다 산책할 때 휴대전화 보지 마라, 강아지보다 넓게 보면서 바닥에 위험한 건 없는지 오토바이나 퀵보드가 오지 않는지 살펴라…. 하도 잔소리해서 나도 다 외울 지경이다. 가끔은 '그냥 산책하러 가지 말까.'라는 생각마저 들 때도 있다.

하지만 어쩌랴! 그럼에도 산책이 좋은 걸~! 바깥 구경이 내게는 제일 큰 행복인 걸~! 원장님도 내 마음을 잘 아는지 오늘도 목줄과 길에서 만날 친구와 나눠 먹을 간식 등을 주섬주섬 챙긴다. 그러면 나도 힘차게 옆에서 발을 굴리며 준비운동을 한다. 오늘도 신나는 산책을 가볼까~! 친구들아, 우리 준비 잘해서 산책길에서 만나자!

안전한 산책을 위해 주의해야 할 점이 있어요

아이들이 하루 중 가장 행복해하는 시간이 바로 산책 시간입니다. 바쁜 병원 생활이라 매일 나가지 못해도 쫑순이 역시 산책 시간을 엄청 좋아합니다. 하지만 산책하면서 다쳐서 오는 아이들도 많아 주의해야 합니다. 산책 후 몸살이 나는 경우도 있답니다. 매일 다니던 산책길이어도 갑작스러운 사고가 나기도 하고 산책길에서 만난 친구가 급발진하여 물림 사고를 당하는 일도 있답니다. 그래서 즐겁고 안전한 산책을 위해 꼭 지켜야 할 몇 가지 규칙에 대해 안내드리겠습니다.

첫째, 산책 전에 미리 준비물을 체크를 해야 합니다. 모든 일은 준비가 반입니다. 산책 전 혹시 목줄이나 하네스가 헐렁해서 벗겨지진 않을지, 또 연결고리가 망가지진 않았는지, 인식표에 적힌 전화번호가 지워지진 않았는지 살펴야 합니다. 생각보다 병원에는 줄이 풀려서 보호자를 놓친 아이들이 많이 옵니다. 목에 걸고 있는 인식표에 적힌 전화번호가 닳아서 지워져 있을 때는 보호자를 찾을 방법이 없어 정말 답답합니다. 물론 물이랑 배변 봉투 등 필수 준비물도 잘 챙겨야 합니다. 날씨가 더운 계절에는 체온을 낮출 수 있는 준비도 해야 하고 산책코스가 바닷가 모래밭이나 등산로와 같은 울퉁불퉁 산길이면 아이들의 발바닥을 보호할 패드도 미리 준비하면 좋습니다.

둘째, 산책하러 나가서는 산책코스를 잘 살펴야 합니다. 며칠 걸러 한 번씩 산책하다가 발바닥이 다쳐서 오는 친구들이 있습니다. 산책길에 뛰어다니다가 유리 조각이나 뾰족한 가시에 다쳐서 오는 친구들이 자주 있다 보니 산책하고 절뚝이는 아이들이 오면 발바닥부터 검사합니다. 때로는 길에 있는 먹어서는 안 되는 것들을 삼켜서 부랴부랴 잡혀 오는 아이들도 있습니다. 그러면 또 주사 맞고 강제로 토하게 하고 난리가 납니다. 이런 사고를 막으려면 보호자분이 산책길에 놓인 여러 위험을 미리 살펴야 합니다. 정작 아이들은 신이 나서 여기저기 냄새 맡고 뛰느라 정신이 없습니다. 그러니 진정한 보호자라면 5분 뒤 벌어질 수도 있는 상황을 예상하면서 산책해야 합니다.

셋째, '산책 전에 내 아이 건강은 내가 지킨다!'라는 마음으로 예방접종과 진드기 방지 예방약을 철저히 해주어야 합니다. 산책을 하다 보면 다른 강아지들을 만나게 되는 경우도 많고 아이들이 바닥에 있는 강아지의 배설물 냄새 등을 맡다가 전염병에 노출되는 경우가 있습니다. 거기다 산책길에 잔디밭이라도 있으면 꼭 풀에 들어가 볼일도 보고 흙바닥에 몸을 비비는 아이들이 많다 보니 진드기에 물리기도 합니다. 따라서 아이들에게 정기적인 예방접종과 구충을 함으로써 각종 질병에 걸리는 일이 없도록 해야 합니다.

마지막으로 산책 후에도 챙겨야 할 게 있습니다. 앞에서 말한 대로 아이들은 산책길이 흥분상태라 아무 생각이 없습니다. 그러다 보니 어딘가 문제가 생겨도 놀기 바빠서 지나칩니다. 정작 집에 오면 아까 삐끗한 다리도 아프고 너무 숨차게 뛰어서 기침이 터지기도 합니다. 산책길에 만난 친구랑 레슬링을 하느라 허리를 삐끗하고선 집에와서는 끙끙 앓아눕는 아이도 있습니다. 그러니 아이들을 잘 살펴서 산책 후 무리가 간 곳은 없는지 살펴보고 충분한 휴식을 하게 해야 합니다. 그래야 산책 후 몸살이 나서 병원 신세를 지는 아이들이 없답니다.

이처럼 산책 시에도 생각보다 준비할 것도, 주심한 것도 많답니다. 예전보다 요즘은 산책이 필수인 시대가 되다보니 대부분의 아이가 산책을 합니다. 그러니 많은 아이들이 산책과 관련된 여러 문제를 갖고 병원에 내원합니다.

그중에서는 조금만 주의를 기울였다면 막을 수 있는 사고도 있었습니다. 아파트 단지 내에 쓰레기를 버리러 가면서 보호자가 잠깐 콧바람을 쏘일 겸 복덩이라는 치와와를 안고 내려갔습니다. 밖에 나온 복덩이가 신이 나서 좋아하니 아파트 놀이터 근처에서 잠깐 바닥에 내렸는데, 그만 단지 내 들어온 오토바이에 치이고 말았습니다. 정말 눈 깜짝할 사이에 벌어진 일이었고 병원에 도착했을 때는 이미 심정지 상태였습니다.

또, 산책하러 가면서 하네스를 맨다고 맸는데 살이 빠져 헐거운 상태였는지 산책 5분 만에 줄이 벗겨지는 일도 있었습니다. 하네스가 벗겨지자 강아지는 도로로 냅다 뛰었고 혼비백산이 되었다는 보호자분도 있습니다. 며칠 전에는 오랜만에 바닷가 산책으로 기분전환을 시켜준다고 외출했다가 그날 밤 심장에 무리가 와 야간에 응급실 신세를 진 누리라는 아이도 진료했습니다. 5일간 꼬박 치료 후 지금은 호전되었지만, 기침과 실신으로 며칠간 아이도 보호자분도 심한 마음고생, 몸 고생을 해야 했습니다. 14살 말티즈라면 심장이 약할 수밖에 없는 아이인데 평소 무증상이다 보니 보호자분도 몰랐던 모양입니다. 좋은 추억 만들어 주신다고 바닷가 모래사장을 이리 뛰고, 저리 뛰고 놀면서 즐거운 시간을 보냈으나 결국 밤에 기침이 터지고 심장 문제로 실신하여 폐에 물이 차는 폐수종이 생겨 큰일 날 뻔했답니다.

실제 병원에서 벌어지는 일들이니 설마 하지 마시고 첫

째도, 둘째도 항상 조심하고 조심해서 언제나 안전하고 즐거운 산책으로 아이들의 행복을 지켜주시길 바랍니다.

초코야, 흰둥아, 마루야,
너희는 어떤 동물병원에 다니고 있니?

동물병원에서의 생활이 대체로 행복하지만 나 역시 우울할 때도 있고 슬플 때도 있다. 원장님께 크게 혼이 나거나 병원 분위기가 안 좋은 날엔 내 기분도 좋지 않다. 특히 몸이 아픈 날은 기분이 더 좋지 않다. 나도 나이가 있다가 보니 다리도 아프고 예전보다 고기 간식을 많이 먹은 날엔 종일 배가 아프다. 그러면 밥도 맛없고 그냥 자고 싶고 아무것도 하기 싫다. 눈치 없는 친구들이 자꾸 꼬리털을 당기며 놀자고 해도, 더 눈치가 없는 짱이가 내 옆에서 쩝쩝 소리를 내며 개껌을 씹어대도 나는 그냥 모든 게 싫다. 그래서 내 방석에서 꼼짝하지 않고 누워있다.

나처럼 병원에는 아파서 또는 격하게 놀다가 다친 친구들이 온다. 나도 아파보니 병원에 아파서 오는 아이들의 마음을 너무 잘 알게 되었다. 내 몸에 손대는 것도 싫고 몸이 힘드니 마냥 예민해져 있다. 근데 문제는 말을 못하니 아이들의 문제를 정확히 알 수 있는 사람이 없다는 것이다. 아픈 강아지를 데리고 온 보호자들도 아픈 건 알겠는데 어디가 어떻게 그리고 얼마나 아픈지를 모르니 답답해한다. 결국 원장님과 보호자 분은 여러 질문과 답변으로 해결할 방법을 찾는다. 심하게 아픈 경우는 피도 뽑고 X-ray도 찍는다. 그러다 보니 시간이 오래 걸린다. 안 그래도 힘든 아이를 이리저리 만지고 검사하고 왔다 갔다 하다 보니 아픈 아이들이 더 까칠해지기도 하고 기진맥진 뻗어버리는 아이들도 있다.

나와 친구들도 다섯 식구다 보니 돌아가며 아프다. 그래도 우리는 훨씬 조건이 좋다. 우리가 사는 곳이 동물병원이므로 바로 치료가 된다. 다른 보호자들의 강아지처럼 회사 가느라 바빠서 병원에 오기 힘든 상황은 우리에게 없다. 또 우리는 보호자와 온종일 같이 있다 보니 우리가 낮에 무엇을 먹는지, 뭘 하고 노는지 쉽게 알 수 있다. 게다가 그 보호자가 수의사라니 당연히 최상의 조건이다. 그래서 아파도 금세 치료받고 특히나 아프기 전에 미리미리 관리받는다. 나도 그랬고 나와 함께 사는 친구들도 그랬다. 처음에는 피부병에, 귓병에 배탈도 자주 나는 아이들이었다. 하지만 지금은 완전 튼튼하다. 그게 제일 감사하고 행복한 일이란 걸 나는 안다.

그래서 병원에 오는 친구들에게 꼭 말해주고 싶다. 행복하게 살려면 제일 먼저 건강해야 한다고. 그러기 위해서는 좋은 수의사와 좋은 동물병원을 만나야 한다. 내가 생각하는 좋은 수의사와 좋은 동물병원은 나를 잘 알아주는 병원이다. 나를 잘 알려면 자주 봐야 할 테니 가까운 곳이면 더 좋겠고, 평소에 내가 생활하는 환경이나 내가 먹는 음식 등 나에 대한 많은 것들을 자주 대화할 수 있는 마음이 편한 곳이면 좋겠다. 예를 들면 산책길에 들러서 맛난 간식도 한 번씩 얻어먹으며 이런저런 궁금한 것들도 물어볼 수 있는 수의사 선생님이 있는 동물병원이 좋다. 몇 달에 한번 아플 때만 가는 무서운 곳이 아니고 자주 들러 눈인사도 하고 병원 냄새도 킁킁 맡을 수 있는 낯설지 않은 곳이면 좋겠다. 그래야 정작 아플 때 가도 심하게 긴장을 안 할 수 있을 테니까.

그곳의 수의사는 내가 지난달 과식으로 배가 아팠던 것도 알고 있고 여름이면 귓병에 자주 걸리는 것도 아는 곳이면 좋겠다. 거기다 보호자의 개인 상황도 살펴봐 주는 속 깊은 원장님이 계신 곳이면 더 좋다. 동물병원 진료비가 워낙 비싸다 보니 보호자들의 부담이 크다. 게다가 먹이는 사료에, 미용에 생각보다 아이들을 키우는 비용이 많이 든다. 이렇다 보니 아파도 마음 편히 병원을 찾기가 쉽지 않다. 특히나 혼자 아이들을 돌보는 분들은 출퇴근 시간과 병원 근무 시간이 맞지 않아 병원 방문이 더 어렵다. 이러한 여러 상황을 조용히 배려해 주는 병원을 만나는 건 정말 행운이다.

세상에는 많은 동물병원이 있고 수의사도 많다. 큰 병원도 있고 작은 병원도 있다. 오래된 병원도 있고 최근에 개업한 병원도 있다. 그중에서 내게 제일 잘 맞고 나의 보호자가 마음 놓고 갈 수 있는 병원을 찾는 것, 나를 잘 이해해 주는 수의사 선생님을 만나는 것은 특히 중요하다. 처음부터 '여기다! 이 사람이다!'하고 만날 수 있으면 좋겠지만 수의사 선생님은 초능력자가 아니다. 한 번에 척 보고 어디가 아픈지 다 알 수 있는 사람이 아니다(물론 그런 분이 있으면 참 좋으련만). 말 못 하는 동물을 진료하니 더욱 섬세한 진료가 필요하다. 그러기 위해 아프지 않을 때라도 자주 병원에 방문해 병원과 친해질 수 있는 시간을 가지면 좋다. 수의사 선생님이 아이들의 평소 성향을 파악할 기회가 많으면 좋다는 뜻이다. 1년에 한두 번 병원에 가니 갈 때마다 무서워서 진료받는 과정이 큰 스트레스인 친구들이 있는데, 그러면 치료 과정 자체가 힘들다. 혹여 영양제 주사라도 맞아야 하는 상황이면 엄마가 없는 낯선 입원실에서 울고불고 난리가 난다. 아이들은 본인이 치료받는 건지, 감금된 건지 알지 못하니 더 스트레스를 받고 그러면 회복되는 시간도 더 길다. 그러니 자주, 좋은 컨디션일 때 병원에 방문했으면 좋겠다. 산책길에도 들르고 미용하러 가서도 슬쩍 원장님과 인사를 나눠주면 좋겠다.

또한 좋은 보호자가 좋은 수의사를 만든다. 평소 내 아이의 건강 상태와 자주 아픈 곳, 그리고 생활환경 등을 수의사에게 잘 설명하고 아픈 아이의 상태를 사진이나 기록으로 남겨 수의사 선생님께 전달해 준다면 수의사의 진단에 많은 도움이 된다. 그리고 처방 내역을 잘 따라준다면 아이들은 빠른 상태로 회복이 될 것이다. 보호자야말로 아이들과 수의사를 연결해 주는 다리 같은 역할이니 보호자를 믿고 따르는 사랑스러운 반려견이 수의사의 손길 역시 믿고 따를 수 있게 보호자가 도와주어야 한다. 그러므로 보호자 또한 수의사 선생님과 평소에 잘 소통하여 서로 신뢰할 수 있는 관계를 만들어 가면 좋다.

오늘도 병원에는 여러 아이가 온다. 초코, 흰둥이, 바다, 몽실이…. 다들 표정이 다르다. 뭐가 그리 신났는지 병원

문을 열라고 박박 긁는 마루도 있고 오기 싫다고 병원 앞에서 10분째 버티는 해피도 있다. 진찰을 해야 하는데 부들부들 떨면서 주인 품에 쏙 들어가 나오지 않는 사랑이도 있다. 그러면 원장님은 마루에겐 리액션 크게 놀아주고 한바탕 뛰게 하고 진료실로 같이 들어간다. 병원에 질질 끌려 들어오느라 발바닥이 까진 해피 보호자께는 다음에는 안고 들어오시라고 안내도 드린다. 겁이 나서 얼굴 보기 힘든 사랑이는 목소리도 작게 상담하고 진료실 테이블에 내리지 않고 보호자의 품속에서 진찰한다. 그래서 원장님은 어느 날엔 목소리도 크고 동작도 힘이 넘치지만, 어느 날엔 소곤거리는 말투로 조용히 움직인다. 어쩌면 좋은 수의사와 좋은 동물병원은 멀리 있지 않다. 바로 우리 근처에 있다.

꽃~미모 물오름 주의!
오늘은 미용하는 날

오늘은 아침부터 비가 내린다. 비가 오는 날은 병원이 조용하다. 산책하면서 놀러 오는 친구들도 없고 미용 예약한 아이들도 취소 전화를 한다. 그러면 나와 친구들은 마음의 준비를 한다. 왜냐하면 이런 날 꼭 우리는 미용을 하기 때문이다. 보통은 일주일에 한 번 목욕을 하고 두 달에 한 번 정도는 전체적으로 털을 깎고 손질한다. 나를 포함해 순정이 단심이 짱이까지 하려면 생각보다 시간이 오래 걸려서 오늘같이 미용이 없는 조용한 날 단체 미용을 한다.

사실 나는 미용하는 시간이 좋다. 왜냐하면 털이 지저분하게 자라면 눈앞도 자꾸 불편하고 밥을 먹을 때도 입안에 털이 자꾸 걸린다. 또 친구들과 뛰어놀다 보면 긴 털이 엉키는데 하루 이틀이면 엉킨 털이 더 엉망이 된다. 매일 빗질을 하지만 엉덩이나 겨드랑이 등은 자주 엉켜서 빗질할 때 아플 때도 있다. 그래서 정기적으로 잘라 주어야 한다. 또, 미용하면서 따뜻한 물에 목욕도 하고 미용사 선생님이 마사지를 해주는 게 참 좋다. 특히나 마치고 나면 선물로 왕갈비 간식을 받는데, 그 순간이 제일 기다려진다.

　　이런 나와 달리 미용을 싫어하는 아이도 있다. 순정이는 잘하다가도 발가락과 발톱만 하려고 하면 한바탕 난리가 난다. 이리저리 피하고 심지어 발톱 깎을 때 미용사 선생님을 문 적도 있다. 단심이는 교통사고 후유증인지 뒷다리와 엉덩이 쪽을 건드리면 덜덜 떤다. 같이 미용할 때마다 옆에서 보고 있으면 웃기기도 하고 불쌍하기도 하다. 제일 큰 말썽꾸러기는 코카 스패니얼 짱이다. 참고로 짱이는 현재 몸무게가 거의 12kg이다(몇 달 전엔 10kg였는데 더 쪘다. ㅠㅠ). 몸집이 엄청나게 크고 힘도 세다. 평소에는 말도 잘 듣고 눈치도 있는 편인데 미용할 때는 말도 못 하게 고집불통이다. 그 순간에는 간식도 소용이 없다. 그냥 다 싫은가 보다. 무조건 안 하겠다고 버티니 결국 원장님께 혼이 나고서야 미용한다.

우리처럼 병원에 미용하러 오는 강아지들도 각양각색이다. 미용할 때마다 미용사 선생님께 잘 봐달라는 건지 계속 뽀뽀를 해대는 구름이라는 몰티즈도 있고 철퍼덕 옆으로 누워서 눈을 지그시 감고 미용사의 손길을 느끼는 토토라는 시추도 있다. 심지어 누운 채로 코를 골며 자기도 한다. 반려견 미용은 스타일에 따라 시간이 다른데 가위컷이라고 전체적으로 털을 다듬는 경우 3~4시간이 걸리기도 한다. 깜미라는 푸들은 1시간 넘게 꼿꼿이 서서 미용하는데 미용 후 모습도 근사하지만, 그 시간을 잘 버텨주는 모습도 멋지다. 이런 친구들은 미용하는 중에도 간식을 잘 받아먹고 미용을 마친 후에도 칭찬을 듬뿍 받는다.

그러면 기분이 좋은지 우리와도 장난치고 잘 어울려 논다.

　이런 친구만 미용하러 오면 미용사 선생님이 덜 힘들 텐데 현실은 그렇지 못하다. 보통의 아이들은 미용을 싫어하고 무서워하는 편이다. 다롱이라고 9살 몰티즈인데 별명이 '미친 다롱이'다. 오해하지 말길 바란다. 내가 붙인 별명이 아니라 보호자가 먼저 미용만 하면 미친다고 별명이 '미친 다롱이'라고 말해준 것이다. 미용사를 하도 물어서 몇 번이나 돈을 물어줬고 결국 아무 곳에서도 미용을 받아주지 않아 우리 병원에 왔다고 했다. 털이 길어서 눈도 안 보이는 상태라 미용은 해야겠고 마취하고 미용하자니 앞으로도 계속 마취할 수도 없고 난감해진 미용사 선생님은 원장님께 SOS를 요청했다. 사실 원장님은 미용도 잘하신다. 심지어 사나운 개도 원장님 앞에선 온순해진다. 이유는 모르겠다. 우리의 미친 다롱이도 원장님께는 순한 양이 되어 어쩔 수 없이 원장님이 미용해서 보호자께 보내드렸다. 그 이후로도 다롱이는 원장님만 만질 수 있는 아이로 몇 년을 더 우리 병원에 다녔다.

이외에도 미용하는 2시간 내내 소리를 지르는 깜보라는 슈나우저도 있다. 하도 소리를 질러서 미용사 선생님이 귀마개를 하고 미용한다. 깜보가 오는 날은 나도 괴롭다. 근데 미워할 수도 없다. 소리만 지르지 물지도 않고 미용 시간 외에는 애교도 많은 친구다. 뻣뻣 공주라는 별명을 가진 콩이라는 치와와도 있다. 잘 놀다가도 미용을 하려고 몸에 손만 대면 통나무처럼 몸이 뻣뻣하게 굳어 버린다. 어찌나 힘을 주는지 미용사 선생님이 달래도 소용이 없다. 최대한 미용을 빨리 끝내 주는 것 말고는 방법이 없다. 그중에서도 제일 힘든 친구는 행복이라는 믹스견인데 별명이 1초다. 1초에 한 번씩 움직이는데 잠시도 가만히 있지를 못한다. 너무 에너지가 넘쳐서 미용 테이블에서 뛰어내리기, 목욕탕에서 점프하기 등 미용사 선생님의 혼을 쏙 빼놓는다. 이렇게 미용실은 온종일 우당탕 소란스럽다.

이런 분위기에서 평정심을 유지하고 미용하는 선생님들이 나는 정말 대단하다고 생각한다. 누워서 일어나지 않는 아이에게는 "손님~ 여기서 주무시면 안 됩니다~" 라고 말하면서 미용하기도 하고 잠시도 가만히 있지 못하는 아이는 아예 품에 안고 미용한다. 혹시나 미용 테이블에서 떨어질지 봐 아예 바닥에 앉아서 미용하는 일도 있는데, 바닥은 강아지 털이랑 발톱 등이 어지럽게 떨어져 있어서 엉망인 경우가 많다. 그런데도 아랑곳하지 않는다. 다음 미용할 강아지가 사나운 아이면 미용사도 힘이 든다. 대부분의 미용사 선생님 손은 물리고 할퀴어서 상처투성이다. 미용사 선생님들도 각자 본인들이 키우는 아이가 있고 강아지를 좋아해서 애견 미용사라는 직업을 택했다고 하니 좋아하지 않으면 할 수 없는 일이다.

미용을 잘하든, 못하든 모든 미용을 마치고 난 아이들은 한가지 공통점이 있다. 바로 보호자를 만날 때 다들 좋아서 어쩔 줄 모른다는 것. 마치 1년은 떨어져 있었던 이산가족처럼 부둥켜안고 좋아한다. 고작 두 시간 남짓 떨어져 있었는데 얼마나 보고 싶었는지 아냐며 꼬리가 떨어지게 흔들며 반긴다. 미용 후 예뻐지고 깨끗해진 아이들을 품에 안은 보호자들도 행복해한다. 그런 보호자와 미용을 마친 뒤 신나게 깡충거리며 뛰어다니는 아이들을 보고 있으면 나도 기분이 좋아진다. 이런 모습을 옆에서 미용사 선생님도 흐뭇하게 지켜본다. 오늘도 우리 병원에 맡겨주신 아이를 안전하고 이쁘게 보호자 품에 보내드리게 되어 뿌듯한 마음이다. 그러다가 문득, 나의 시선이 미용사 선생님의 상처 가득한 손에 머무른다. 그러면 조금 속상하고 마음이 아프다. 그래서 나라도 미용할 때 말을 잘 들어야겠다고 다짐한다. 그것만이 내가 할 수 있는 최선이어서 오늘도 얌전히, 세상 착하게 미용을 받아볼 생각이다.

나의 사랑스러운 반려견을 위한 미용실 찾는 법

반려동물 중에서도 특히 강아지는 미용을 하면서 키워야 하는 경우가 대부분입니다. 눈에 넣어도 아프지 않을 나의 강아지를 미용실에 맡길 때마다 보호자분들은 걱정이 많으실 겁니다. 아이들도 울고불고 안 떨어지려고 해서 마음이 아플 일이 많습니다. 거기다 방송을 통해 한 번씩 미용실에서 벌어지는 안 좋은 사건 사고들을 접하다 보면 미용을 맡기는 게 늘 불안하기 마련입니다. 하지만 아이를 건강하고 위생적으로 키우려면 정기적으로 꼭 해야 하는 일이 미용이기도 합니다. 그래서 오늘은 아이들이 편안하게 미용 받는 법과 안전한 애견미용실을 찾는 방법에 관해 이야기하려고 합니다.

　보통 미용은 짧으면 2시간에서 복잡한 미용의 경우 4시간이 걸리는 꽤 힘든 일입니다. 특히 겁이 많고 소심한 아이들은 미용하는 동안 크게 스트레스를 받습니다. 반대 성격의 친구들도 힘들기는 마찬가지입니다. 평소에 활력이 넘쳐 잠시도 가만히 있지 못하고 뛰어다니는 성격의 아이들이 두세 시간 얌전히 미용을 받기란 쉽지 않은 일이니까요. 거기다 가위나 클리퍼 등 미용 도구는 날카롭고 진동이나 소리가 커서 아이들이 다치기도 합니다. 그런 이유로 미용사분들은 강아지들이 움직이지 못하게 붙잡으려고 하고 아이들은 벗어나려 발버둥 치려고 하니 어찌 보면 미용 시간이 힘든 건 당연합니다. 하지만 어떤 아이들은 미용하는 중에 꾸벅꾸벅 졸다가 아예 옆으로 드러누워 미용하기도 하고 미용사에게 연신 뽀뽀를 퍼부으면 애교 부리면서 즐겁게 미용하는 아이도 있답니다. 이처럼 어떤 아이에게는 힘든 미용 시간이 또 다른 아이에게는 행복한 미용 시간이 되기도 합니다. 따라서 미용을 안전하게 그리고 빠르고 편안하게 받으려면 어떻게 해야 하는지를 알아두면 많은 도움이 됩니다.

첫째, 미용을 받는 내 아이와 관련된 부분입니다. 당일 아이의 컨디션은 괜찮은지, 예전에 미용을 하면서 예민하게 반응했던 곳, 예를 들어 앞발을 만지는 것을 거부하거나 발톱에 민감하다거나, 최근 수술(특히 무릎 수술 같은)

받은 곳이 있다면 담당 미용사에게 미리 알려주면 좋습니다. 나이가 많은 아이의 경우 앓고 있는 지병이 있다면 꼭 미용 전에 진찰 및 상담을 한 후 미용을 받는 것이 좋습니다. 또 털이 엉켜있는 경우는 미용 시간이 두 배로 걸리기 때문에 빗질을 먼저 해서 엉킨 털을 풀고 미용을 해야 미용 시간도 줄일 수 있고 미용 중 다치는 사고도 예방할 수 있습니다.

둘째, 미용을 하는 미용사와 관련된 부분입니다. 미용을 하는 시간 동안은 오롯이 아이와 미용사 둘뿐입니다. 그러니 그 시간에는 온전히 미용사의 역량에 맡겨야 합니다. 당연히 내 아이를 잘 알고 미용 경력이 많은 미용사이면 좋습니다. 미용사에 따라 성격과 미용하는 방식의 차이가 있으니 한두 차례 미용을 맡겨보고 내 아이와 잘 맞는지, 그리고 내 아이에게 잘 맞춰줄 수 있는지를 살펴보면 좋습니다. 미용을 하다 보면 우쭈쭈 달래주면서 해야 하는 아이가 있고 때론 응석받이 아이를 단호하게 컨트롤해야 할 아이도 있습니다. 미용사 본인도 자신의 반려견을 오래 키운 반려인이면 더 좋습니다. 아기 강아지부터 나이 든 노령견까지 그리고 에너지 넘치는 아이부터 나이들어 뒷다리 힘이 떨어지는 아이까지 모두 겪어본 미용사라면 가장 좋습니다. 또한 자주 미용실에 들러 미용사와 미용 받는 아이에 대해 상담하고 목욕이나 기본 미용 같은 짧은 시간의 미용을 먼저 해서 아이와 미용사가 친할 시간을 주면 더욱 좋습니다.

마지막으로 미용실의 환경입니다. 믿고 맡겨야 하는 미용실이니 당연히 CCTV 설치와 개방형 미용실이 더 좋습니다. 무조건 의심하고 과도한 걱정으로 미용사에게 부담을 주어서는 안 되겠지만 기본적인 신뢰를 위해 미용실 환경을 미리 체크해두면 좋습니다. 그리고 미용을 하다 보면 많이 움직이는 아이도 있고 때론 빠르게 미용을 해야 하는 일도 있기에 2인 1조로 진행해야 하는 미용이 필요하기도 합니다. 따라서 미용사분은 한 분 보다는 두세 분이 있는 미용실이 더 좋습니다. 또한 아무리 조심조심한다고 해도 사고는 날 수 있기에 응급상황이나 미용 사고에 대처할 수 있는 시스템이 갖춰진 미용실이 좋습니다. 미용 중에 발생 가능한 문제들을 해결할 수 있는 협력 병원이 있다면 혹여 사고가 났다고 해도 좀 더 잘 대응

할 수 있습니다.

　이상, 내 아이가 더 안전하고 편안하게 미용을 받을 수 있는 몇 가지 팁에 대한 안내였습니다.

0월 0일
날씨: 살랑살랑 부는 가을바람에 내 마음은 몽글몽글 구름 같은 날

쫑순이를 행복하게 하는
다정한 이웃사촌들

오늘은 운이 좋은 날이다. 아침 먹고 양치질로 개껌도 먹었는데 오전에 오신 뽀송이 엄마가 수제 간식을 만들어 왔다. 바나나랑 닭고기를 말린 거라 달콤한 냄새가 났다. 보통은 오전에는 간식을 못 먹는다. 나를 포함해 다섯 식구 모두 살이 쪄서 체중 관리 중이다. 하지만 오늘은 만들어 오신 보호자의 정성을 봐서 원장님이 나와 친구들에게 하나씩 나눠줬다. 한 입 먹어봤는데 맛있어서 하나만 더 달라고 눈치껏 졸라서 한 개 더 얻어냈다. 짭짭 뜯으면서도 눈은 간식이 담긴 봉지를 쳐다보니 아직 많이 있다. 눈

으로 개수를 세어보니 넉넉하다. 아~ 행복하다. 오후에도 하나 더 먹을 수 있겠다.

우리 병원에는 이렇게 좋은 분들이 많이 온다. 때때로 강아지 밥이랑 간식을 사러 오는 분들이 꼭 육포 간식을 하나씩 더 산다. 그리곤 우리에게 나눠 주라고 주고 간다. 그 자리에서 뜯어서 주는 분들도 있어서 나는 병원 앞에 차가 서면 잽싸게 출입문 앞에서 누가 오는지 본다. 하늘이 엄마면 오늘도 말랑하게 말린 고구마 간식을 주실 테고 복이 아빠라면 참치 통조림을 얻어낼 수 있다. 사랑이 엄마는 아예 간식을 만들어 오니 어떤 맛일까 기대도 된다. 거기다 여름이면 수박이랑 참외 같은 과일, 찬 바람 부는 계절이면 군고구마 등 원장님 간식거리를 사 오는 분들도 많다. 그러면 나도 그 옆에서 얻어먹을 수 있다.

이런 보호자들만 있으면 날마다 행복할 텐데 그렇지 못한 날도 많다. 아무래도 병원에는 아픈 친구들이 오다 보니 보호자들도 예민한 상태로 방문하는 경우가 많다. 밤새 토하는 아기 강아지를 간호하느라 잠을 못 주무셔서 피곤한 상태로 오는 분도 있고 자주 아픈 강아지를 키우는 분들은 반복적으로 병원에 오다 보니 신경질 섞인 반응을 보이기도 한다. 거기다 긴병에 효자 없다고 나이 든 강아지를 키우거나 큰 병을 가진 강아지들은 병원비도 많이 나오니 보호자들도 힘들어한다. 이런 분들이 병원에 오는 날엔 우리는 한쪽 구석에 얌전히 있어야 한다. 그냥 쳐다만 봐도 화가 나는지 나와 친구들에게 짜증을 낸다. 간식은 커녕 싫은 잔소리만 듣는다. 그래도 나쁜 분들은 아니다. 힘드셔서 그렇다.

또 다른 보호자도 있다. 그냥 우리가 불쌍하다고 주인 사랑도 못 받는다고 심지어 육포 같은 것도 못 먹어봤을 거라며 간식을 챙겨준다. 본인이 키우는 개가 안 먹는다고 들고 오기도 하고 병원에서 산 간식도 바닥에 툭툭 던진다. 이럴 땐 솔직히 기분이 좋지 않다. 게다가 품에 안고 온 본인 강아지가 우리와 냄새라도 맡으려고 하면 질겁을 하듯 안고 피한다. 우리가 유기견 출신이라 병을 옮긴다고 생각하나 보다. 사실 우리만큼 예방접종, 기생충 예방 등을 철저히 하는 아이들도 없을 텐데, 아무튼 우리가 마음에 안 드는 눈치다. 우리도 엄연히 원장님을 보호자로 둔 귀한 자식들인데…. 그래서 나는 방석에 앉아 눈으로 레이저를 쏘며 쳐다본다. 그 옆에는 원장님이 팔짱을 끼고 나와 똑같은 눈빛으로 보호자를 째려본다. 차마 손님이니 화는 못 내겠고…. 이럴 때 나와 원장님은 똑 닮았다고 한다. 이런 분들은 나빠서라기보다 좀, 아무튼 그렇다.

이렇게 병원에 오는 손님들도 다양하지만 산책길에 만나는 이웃들도 모두 다 다르다. 전에 살았던 옆 가게는 나의 친정이었다. 그 옆 건물엔 정형외과라고 사람 병원이 있는데 거기서 근무하는 간호사 선생님은 본인도 강아지를 키워서인지 산책길에 만나면 나를 꼭 한 번 안아 준다. 또 횡단보도 넘어 편의점 사장님도 가끔 만나며 간식을 챙겨주시고 전에 말한 포장마차 붕어빵 사장님도 이웃사촌이다. 동네에서 10년 넘게 산책하다 보니 나를 모르는 사람이 거의 없다. 빵집 사장님도, 옷 가게 이모도 꼭 길에 나와서 나와 인사해준다. 이처럼 나는 동네에서 꽤 인기가 많은 편이다. 산책에서 돌아오면 여기저기서 얻은 간식이 한 봉지 가득하다. 그러면 병원에서 기다린 순정이와 단심이 그리고 짱이가 방방 뛴다. 좋아서…. 이것 역시 내가 산책하는 이유이기도 하다. 물론 원장님도 그냥은 못 지나치셔서 편의점에선 과자를 사고 빵집에서도 빵을 산다. 무조건 얻어먹기만 하면 안 된다는 게 원장님의 생각이다.

물론 산책길엔 일부러 오토바이로 빵 경적을 울리며 위협하는 사람도 있고 그냥 지팡이 같은 것을 휙휙 거슬린다는 듯이 휘두르는 사람도 있다. 저번에는 퀵보드에 치일 뻔한 적도 있는데 오히려 사고를 낸 사람이 소리를 질렀다. 동물을 조건 없이 사랑해 주는 분들도 있지만 그냥 우리들을 싫어하는 분들도 있으니, 그건 어쩔 수 없는 일인가 보다. 그래서 이런 분들은 일기에 길게 쓰고 싶지 않다. 왜냐면 난 좋은 분들 이야기만 해도 시간이 부족하니까.

나에게는 이렇게 이웃사촌이 많다. 특별한 일이 없어도 내가 보고 싶다며 "쫑순아~"하며 큰 소리로 부르면서 아침 일찍 오시는 손님도 있고 산책하다 보면 "김쫑순~" 내 이름을 부르며 멀리서 날 불러주는 이웃도 있다. 병원 안에서 만나는 분들도, 병원 밖에서 만나는 분들도 모두 나의 친절한 이웃들이다. 나와 친구들에게 따뜻한 관심을 보여주고 살가운 말씀을 해주는 분들이다. 명절이면 선물도 주고 새 옷도 사주는 분들도 있다. 지난 설날에는 세뱃돈을 주는 분이 있었는데 참고로 치킨집 사장님이라 꼭 치킨 시켜 먹으라고 윙크하고 갔다. 이런 분들이 계셔서 난 참 행복하다. 원장님도 이런 이웃들이 있어 더 힘이 난다고 한다. 비록 그렇지 않은 분들이 있다고 하여도 괜찮다. 왜냐면 더 많은 좋은 분들이 있다는 걸 알기 때문이다. 그분들이 있어 나와 친구들이 행복하다. 또 그분들이 세상의 많은 아이를 더 사랑으로 지켜줄 거라는 걸 나는 안다. 그래서 오늘도 나는 병원에 오는 손님들에게 반갑게 인사하고 산책길에 만나는 이웃들에게도 친절하게 꼬리를 흔든다. 나 역시 그분들께 좋은 이웃이 되고 싶으니까….

O월 O일
날씨: 둥근 달빛 아래서 원장님과 도란도란 이야기 나누고 싶은 날

분양, 입양, 파양, 그리고 유기견
우리도 처음부터 유기견은 아니었답니다

나는 나의 나이를 잘 모른다. 대충으로 알뿐이다. 내가 어디서 태어났는지도 모른다. 펫샵에서 태어난 건지, 아니면 어디서 사 온 건지 알 수가 없다. 단지 펫샵에서 다른 아기 강아지들이 입양을 갈 때 나는 선택받지 못했고 한두 번 분양이란 걸 갔지만 바로 파양된 경험만 있다. 그래도 운 좋게 옆집으로 입양되었고 그다음은 알다시피 병원으로 또 입양되었다. 병원에 있다 보면 많은 손님이 아기 강아지를 분양받아 오기도 하고 다른 집에서 키우던 아이를 입양 받았다고 이야기하기도 한다. 그러다가 한두 달 지났

을까, 몇몇 보호자들은 여러 이유로(보통 짖는다, 털이 많이 빠진다, 자꾸 물려고 한다 등등) 파양하기도 한다. 가끔 그 아이들을 생각하곤 한다. 그 아이들은 지금쯤 또 어디로 입양 갔을까? 아니면 결국 유기견이 되어 거리를 떠돌거나 보호소에서 살고 있을까? 분양, 입양 그리고 파양은 한 글자 차이인데 어떤 강아지는 행복한 가족의 품에서 살고 어떤 강아지는 결국 유기견이 되고…. 이건 내가 이해하기 참 힘든 일이다.

어찌 되었든 나는 동물병원에서 드디어 자리를 잡았고 원장님은 나를 본인의 반려견으로 등록했다. 병원차트에도 나는 이름과 성별 그리고 나이와 사는 곳, 보호자 전화번호 등이 기록되어 있다. 그렇다. 나는 이제 엄연히 나만의 고유번호를 가진 아이가 되었고 보호자가 있고 내 집이 있는 반려견이 되었다. 뭔가 특별한 존재가 된 기분이었다. 이제부터 나는 혹시나 산책길에 길을 잃어도 나의 주인인 원장님 곁으로 갈 수 있다. 목에는 보호자 전화번호가 적힌 인식표를 달고 있고 혹시 인식표가 떨어지더라도 목 근처 피부 아래에는 보호자의 인적 사항이 적힌 인식 칩이 있으니 아무 걱정이 없다. 사람들은 잘 모를 것이다. 그게 얼마나 중요한지. 비록 내가 어디서 언제 어떻게 태어났는지는 모르지만, 지금의 나는 어디 살고 누구랑 살며 나의 보호자가 누구인지는 정확히 기록되어 있다. 나와 함께 사는 순정이도 단심이도 그렇다. 태화강 근처에서 구조된 순정이도, 교통사고로 119 아저씨에게 발견된 단심이도 유기견이었지만 지금은 보호자가 있고 집이 있고 인식칩을 갖고 있는 반려견이 되었다.

가끔 병원에 유기견이라고 불리는 아이들이 온다. 사연도 다양하다. 산책길에 주인을 잃은 건지 옷도 입고 있고 건강 상태도 양호해 보이는 아이가 온다. 병원에 와서도 잘 논다. 아직 상황 파악이 안 되는 철부지라 그런지 잘 짖고… 잘 웃는다. 보호하고 있으면 보통 몇 시간 안에 보호자들이 놀라서 찾으러 온다. 또 다른 아이들은 교통사고를 당했는지 아니면 오랜 떠돌이 생활에 지친 건지 겉모습과 몸 상태가 말이 아니다. 사람의 손길을 극도로 거부하거나 겁에 질려있다. 털은 엉망으로 엉켜있고 발톱은 길어서 휘어져 있거나 부러진 상태다. 이런 아이들을 털을 깎고 목욕을 시키면 비로소 본 모습이 나오는데 여기 저기 상처에 오래 굶어서 비쩍 말라 있다. 솔직히 순정이 단심이도 그랬다. 어쩜 나도 그렇게 살았을 수도 있다. 그래서 나는 펫샵 사장님도, 옆집 인테리어 사장님도 다 고맙다. 그리고 지금의 원장님이 제일 고맙다. 내게 가족이 되어줘서 정말 진심으로 감사한 마음이다.

또 다른 일도 있다. 가끔 한밤중에 병원 앞에 낯선 차가 멈추고 상자를 내려놓고 가면 덜컥 겁이 난다. 아무리 짖어도 그런 차들은 상자만 두고 급하게 떠나버린다. 이런 경우는 둘 중의 하나이다. 상태가 너무 안 좋아 하늘나라로 가기 직전의 노령견이나 이미 사망한 아이를 병원 앞에 두고 가는 것이다. 정말 정말 나쁘다. 그냥 두고 간다. 잠시 후 제일 먼저 출근한 원장님이 큰 한숨을 쉬고는 말없이 상자를 들고 입원실로 조용히 들어간다. 그런 날은 온종일 우울하다. 10년을 넘게 키운 아이를 그냥 그렇게

버린다는 건 참… 못된 행동이다. 더 기가 막힌 건 눈도 못
뜬 아기 고양이나 출산해서 한 달쯤 된 강아지를 병원 앞
에 두고 가는 일이다. 앞에서 말한 상태가 위독하거나 나
이 든 경우가 아니라 정말 아주 멀쩡한 그러니까 너무 건
강한 아이를 병원에 버리고 간다는 거다. 아마 병원에서
잘 키워주리라는 생각일 테지만 너무 무책임하다. 한번은
7마리의 진돗개 강아지가 병원에 들어왔는데 그때 원장님
과 실장님이 젖병 4개로 우유 먹여 키우느라 한 달 넘게
고생했다. 분양까지 하느라 얼마나 애를 먹었는지 모른다.
그나마 아기라서 입양이 되었지, 나이 든 아이들은 입양
도 안 된다. 병원도 이미 다섯 마리로 포화상태이니 미용
도 하고 예방주사도 다 맞혀 최선을 다해 입양을 추천해
보지만 결국 입양이 안 될 때도 있다. 그러면 씻기고 밥 먹
여서 데리고 있던 아이를 유기견 보호소로 보내야 하는데
그러면 결국 안락사를 당하게 된다. 나 역시 같은 입장이
되었을 수도 있어서 그런 상황을 상상하면 무섭고 슬프다.

  이렇게 별별 사연의 유기견들을 보다 보니 나는 아기

강아지들의 미래도 무섭다. 지금은 분양되어 이쁨을 받더라도 언제 다른 집으로 입양을 갈지 모를 일이기 때문이다. 잘 키우겠다며 입양했는데 결국 파양을 당할까 봐 불안하다. 또 손님들은 우리를 보면서 유기견 출신이라고 하지만 손님들이 키우는 아이들도 언제든지 유기견이 될 수도 있다. 실제로 이집 저집 입양처가 바뀌다가 병원으로 유기견 신고가 들어온 아이도 본 적이 있다. 잘 키우는 곳으로 보냈다고 하지만 정말 계속 오랫동안 잘 키우는지는 알 수 없다. 나도 아무 생각 없이 오늘 하루만 행복하고 싶지만, 병원에 오는 유기견들을 보다 보면 그럴 수가 없다. 그래서 나는 우리 병원에 오는 손님들이 다 본인들의 강아지에게 이름표도 달아주고 인식 칩도 해주었으면 좋겠다. 실제 하지 않으면 벌금도 있다는데 아직도 안 한 사람들이 많다.

오늘도 원장님은 오후에 들어온 유기견을 보면서 한숨을 쉬고 있다. 그리곤 간식 봉지를 들고 강아지 앞에서 이런저런 말을 걸며 친해 보려고 한다. 오늘 같은 날은 병원에 방문하는 손님에게 열심히, 더 간절히 설명한다. 강아지 이름표 달고 외출하라고, 마이크로칩 등록 꼭 하라고. 그럼에도 일부 보호자들은 다른 유기견을 보면서 불쌍하다, 안됐다 걱정하면서도 정작 본인의 강아지는 그럴 리 없다고 한다. 그렇지 않은 경우를 눈앞에서 보면서도…. 그래서 나는 말은 못 하지만 가끔 크게 짖는다. 제발 하라고…. 우리는 스스로 선택할 수 없으니, 보호자들이 무한한 책임감으로 단 1분의 시간을 들여서 해주라고. 그래야 아이들이 안심하고 살 수 있다고…. 그리고 마음속으로 기도한다. 길 위에 버려지는 아이들이 없는 세상이 오길 간절히 기도한다.

여러분, 이 세상엔
돈보다 더, 더, 더 중요한 게 많아요!

병원에서 살다 보면 여러 가지 일을 보고 듣는다. 아무래도 많은 사람이 오고 또 그만큼 많은 일들이 일어나는 곳이 병원이라 그럴 것이다. 그중 많은 일이 돈과 관련이 있다. 보호자들은 이곳에서 진료비도 내고, 미용비도 내고, 강아지 밥이나 간식도 사며 돈을 낸다. 그런데 돈이 오고 가다 보면 한 번씩 계산대에서 큰 소리가 난다. 결제가 잘못되었다, 진료비가 너무 많이 나왔다 등등. 이런 이야기는 끝내 돈이 많이 들어 못 키우겠다는 이야기로 이어진다.

나와 내 친구들은 말을 못 한다. 심지어 아픈 곳을 숨기기도 한다. 그러다 보니 아이들이 아플 때 단순한 병이라서 간단하게 치료할 수 있으면 좋겠지만 문제가 심각한 경우는 검사도 해야 하고 복잡한 진료 과정을 거쳐야 한다. 그러면 진료비가 많이 나오는 편이다. 거기다 강아지나 고양이는 보험이 되지 않는다. 사람들의 경우는 아프든, 아프지 않든 매달 보험료를 낸다고 한다. 모든 사람이 보험료를 내고 그렇게 모인 보험료는 아픈 사람이 병원에 갈 때 혜택을 받는다. 하지만 우리는 보험료를 내지 않으니, 진료비를 온전히 다 내야 해서 비싸다. 거기다 최근에는 동물진료도 의료기술이 발전하면서 예전보다 진료 범위도 넓고 진료의 수준이 높아졌다. 그러다 보니 수명이 늘고 심장병이나 고혈압 같은 평생 약을 먹으며 살아야 하는 아이들도 많아져 진료비와 약값이 아주 부담스러운 상황이다.

때로는 진료를 마친 후에도 한참 동안 진료실에서 원장님과 보호자의 대화가 이어지기도 한다. 보통 심각한 질병을 보호자께 자세히 설명하느라 시간이 길어지기도 하지만 진료비 때문에 보호자와 원장님의 대화가 끝이 나지 않고 늘어질 때도 있다. 예를 들어 수술비가 많이 나오는 경우나 입원비 또는 장기 호텔비 등에 대한 상담이다. 이럴 때는 원장님의 고민도 깊어지고 나도 하루 내내 눈치가 보인다. 왜냐하면 진료비가 많이 나오거나 아이를 오랫동안 병원에 맡겨 입원비 등이 많이 나오는 상황은 아픈 아이와 보호자뿐만 아니라 원장님에게도 힘든 일이라는 걸 잘 알기 때문이다. 수술이나 중대한 질병으로 아이가 입원하면 원장님의 출근 시간은 당겨지고 퇴근 시간은 늦어진다. 거기다 퇴근 후에도 밤 12시 새벽 4시 원장님은 병원에 오가면서 아이를 보살핀다. 그러한 상황을 나는 누구보다 잘 안다. 나도 덩달아 잠을 못 자는 상황이기 때문이다.

며칠 날 며칠 고생한 원장님을 알기에 이런 날들이 이어지고 잘 회복되어 아이가 퇴원하는 날, 진료비를 깎으려는 손님을 보면 원망스러운 마음이 들기도 한다. 하지만 동물병원 진료비가 비싼 것도 사실이니 보호자들의 부담도 이해가 되어 나는 이리저리 마음이 불편하다. 그래도 아이가 건강하게 퇴원하면 이루 말할 수 없이 기쁘다. 그러나 '자, 이제 좀 쉬려나.' 하던 찰나에 다음 입원할 강아지가 온다. 실제 나는 두 달 동안 하루도 못 쉬고 일하는 원장님을 본 적도 많다. 그런 날이 계속되면 원장님은 진료대에 엎드려 있는 시간이 많은데, 나는 달리 도울 방법이 없어 원장님 발아래 가만히 앉아있곤 한다.

제일 힘든 건 그렇게 고생하고도 아이가 무지개다리를 건넜을 때이다. 어쩔 수 없이 하늘나라로 떠난 아이를 보는 건 참 마음이 좋지 않다. 보호자도 힘들어하고 원장님도 허탈해한다. 그런데 그 순간에도 돈이 문제다. 이유는 단순하다. 떠나보낸 아이에 대한 안타까움 때문인지 너무 속상한 마음에서인지 병원에 오지 않는다. 당연히 그동안의 진료비도 받을 수 없다. 어떤 분들은 오히려 아이가 죽었으니 책임지라면서 당당히 소리치며 병원문을 나선다. 그분들도 알면서…. 아이의 병이 심각해서 치료가 안 될 수도 있음을 알아도 결론적으로 치료를 못 했으니, 진료비도 줄 수 없다는 주장이다. 이렇게 여러 이유로 그냥 오지 않는 분들이 많다. 밀린 진료비도 받지 못하고 그냥 끝이다. 더 이상 오지도 않고 연락도 없다. 그러면 원장님도 말씀이 없다. 마치 아무 일도 없던 것처럼 잊어버리려고 한다. 언젠간 밤에 중얼중얼 나에게 털어놓기를, 그런 걸 마음에 담으면 다음 진료할 때 나쁜 마음을 먹게 된다고. 그러니 그냥 마음속 깊은 곳에 묻어 버린다고 했다. 그래서 그냥 오늘, 이 순간 병원에 와준 아이들을 챙길 뿐이다.

그래도 나는 가끔 생각해 본다. 보호자들은 잊은 걸까? 잊고 싶은 걸까? 어느 날인가 잊고 있던 보호자와 보고 싶던 아이들이 쫄랑쫄랑 병원문을 열고 들어오는 모습을 꿈에서나마 본 적이 있다. 아이가 떠나도 원장님과 보호자분이 웃으며 이야기했으면 하는 마음이 간절했나 보다. 그래도 가끔은 잊고 있었던 보호자들이 올 때도 있다. 떠난 아이와 같이는 못 와도 음료수랑 떡을 챙겨온다. 한동안 마음이 아주 힘들었다고…. 그래서 못 찾아뵈었다고, 그동안 감사했다고 인사하러 오는 분들이다. 당연히 남아있던 진료비도 지급하고 거듭 감사와 아이를 잊지 말아 달라는 당부를 하며 병원을 나간다. 서로 미안한 마음에 잡은 손을 놓지 못하는 원장님과 보호자분을 보면서 나도 코끝이 찡하다.

병원에서 10년을 넘게 살다 보니 나도 눈치 백단이 되었다. 그래서 돈에 대해서도 알게 된 점이 있다. 돈은 아주 아주 중요다하는 것, 돈 때문에 버려지기도 하고 돈 때문에 아이가 구박받기도 한다는 것. 어제까지 원장님, 원장님 하다가도 돈 때문에 원장님께 소리를 지르는 분도 보았고 죽고 사는 문제라 수술부터 하고 수술비를 나눠 결제하겠다고 했던 보호자가 수술 후에는 오지 않는 것도 본 적이 있다. 그 상황에서 아이는 잘 회복되었을까? 수술비를 못 받은 것 보다 수술 후 잘 회복된 아이를 못 보는 게 더 마음이 아프다. 이렇듯 다 돈이 문제다. 그럼에도 원장님은 돈을 벌어 실장님 월급을 주고 병원을 운영한다. 동시에 돈을 벌어 아이 셋을 키우고 나와 친구들을 먹이고 키운다. 그러니 돈은 미운 존재이면서도 고마운 존재이다. 돈이 우리를 웃게도 하고 울게도 한다. 하지만 돈 때문에 돈보다 더 중요한 걸 잊고 살 수는 없는 법이다. 원장님도 나도 돈으로도 살 수 없는 더 귀한 사랑을 서로에게 주고받으며 오늘도 살아간다(그래도 밀린 진료비는 좀 주시면 좋으련만…).

좋은 강아지? 나쁜 강아지?
저기요, 세상에 나쁜 개는 없다니까요!

오늘은 아침이 조용하고 평화롭다. 아침 먹고 나서 개껌에 붙은 고기 간식을 뜯고 있다. 옆에선 순정이가 삑삑이 장난감을 갖고 열심히 놀고 있고 단심이와 짱이도 자기 몫의 간식을 열심히 먹고 있다. 아마 네로는 뒷마당에 햇볕 쐬러 나갔을 테고…. 이런 오전 시간은 참 좋다. 가끔은 원장님이 출근하기도 전에 아픈 아이를 안은 보호자분이 병원 앞에 대기할 때가 있다. 아마 밤새 아팠을 강아지라 병원 문이 열리기만을 기다렸을 테다. 그러면 원장님은 옷 갈아입을 새도 없이 바로 진료를 본다. 덩달아 간호사 선생님도 바빠진다. 진료가 연속으로 올 때는 나도, 친구들도 아침밥을 기다려야 하고 모닝 인사도 뒤로 미뤄진다. 그런 날은 오전 내내 바빠서 점심때나 되어야 원장님 얼굴을 제대로 볼 수 있고 우리 다섯은 얌전하게 기다려야 오전 간식을 먹을 수 있다. 그래도 병원이 바빠야 원장님도 돈을 벌고 우리도 맛난 간식 많이 먹을 수 있으니 바쁜 것도 좋고, 오늘처럼 한가롭게 여유로운 시간을 보내는 것도 좋다. 나는 다 좋다.

이런 날 나는 어제 다녀간 포메라니안 강아지도 생각하고 지난주에 다녀간 비숑 프리제 강아지도 생각한다. 어제 기침으로 병원에 온 포메라니안 강아지는 크기가 두루마리 휴지 정도로 정말 작았다. 분양받은 지 1주일 되었다는데 꼭 작은 솜뭉치 같았다. 그 조그만 몸으로 캑캑 기침을 하는 게 보기 안쓰러웠다. 감기에 걸려서인지 밥도 잘 안 먹는 아이라고 보호자 분은 거의 울 것 같은 표정으로 아이를 안고 왔다. 원장님은 너무 아기여서 엄마 곁에 좀 더 있는 게 좋을 것 같다고 감기약을 지어주며 분양받은 펫샵에 가서 엄마 품에 좀 더 있을 수 있는지 문의하라고 했다. 빨리 나아서 다시 귀여운 모습으로 병원에 왔으면 좋겠다. 지난주 다녀간 비숑 프리제 강아지는 누리라는 아인데 덩치는 나보다 두 배나 크면서 얼마나 자주 아픈지 배탈이 나서 오고, 귓병이 나서 오고 산책하러 갔다가 다리를 다쳐서도 온다. 아마 일주일에 한 번은 병원에 오는 것 같다. 매주오니 아예 병원을 놀이터로 아는지 무서워하기는커녕 병원에 와서도 세 다리로 여기저기 냄새 맡고 뛰어다닌다. 다리를 들고 있으니 아픈 건 맞는 거 같은데 또 어찌 보면 전혀 안 아파 보이는….

이처럼 병원에는 많은 아이가 온다. 그런데 똑같은 아이가 하나도 없다. 같은 품종의 강아지여도 언뜻 보면 비슷해 보이지만 하나하나 개별적으로 다르다. 나와 순정이도 같은 시추 종류에 몸무게도 거의 똑같다. 그런데 우리 둘도 전혀 다르다. 좋아하는 것도 다르고, 같이 살아도 성격이 나와는 정반대이다. 겉보기는 비슷해도 아픈 곳도 다르다. 나는 주로 설사를 자주 하는 편이지만 피부나 귀는 건강하다. 그에 반해 순정이는 돌을 먹어도 소화할 정도로 배가 튼튼하다. 단지 발가락이 자주 곪고 귓병이 자주 생긴다. 같은 시추 종인 단심이는 아픈 데가 전혀 없다. 단지 말을 전혀 못 알아듣는다. 아마 사고로 뇌를 다친 것 같다. 이처럼 각자의 개성을 가진 아이들을 원장님은 빨주노초파남보 무지개라고 한다. 일곱 빛 무지개 색깔이 각각 예쁘듯이 아이들도 생김새 몸집 성격이 다양해서 각자 개성 있게 매력이 있다.

그런데 어떤 보호자 분들은 자꾸만 이렇게 이야기한다. 옆집 강아지는 털도 빛나고 예쁘게 생겼던데…. TV에 나오는 비숑 프리제는 말도 잘 듣고 아프지도 않은데…. 어떤 경우는 어릴 때는 착했는데 크니까 달라졌다고…. 심지어 예전에 키우던 강아지는 똑똑했는데…. 하면서 지금 키우는 아이를 못생긴 것 같다, 말도 안 듣는다, 병치레가 심하다, 머리가 나쁜 것 같다 등등 이상한 말을 한다. 결론적으로 방송에서 보는 강아지는 예쁘고 착하고 좋아 보이는데 내가 키우는 강아지는 안 예쁘고 이상한 것 같단다. 이 정도로 끝나면 다행이다. 어떤 분은 본인 강아지가 순종이 아닌 것 같다며, 살 때는 다 자라도 2kg 정도의 작은 강아지라고 했는데 지금 4kg이니 속아서 산 것 같다고 하소연이다. 반대의 경우도 골치가 아프다. 내 강아지는 세상 최고로 착한 강아지고 똑똑한 강아지인데 잡종이거나 유기견은 불쌍하기는 해도 뭔가 문제가 있는 강아지라는 생각이다. 정말 세상에는 다양한 강아지만큼이나 다양한 사람들이 산다.

이런 분들이 병원에 오면 원장님은 유난히 큰 목소리로 설명한다. 사람도 양반 상놈이 없듯이 강아지도 품종이 있고, 없고로 귀하고 천한 게 아니라고 말한다. 예쁘고 작은 강아지는 좋은 강아지이고, 조금 못생기고 덩치가 큰 강아지는 나쁜 강아지가 아니라고도 말한다. 그냥 다른 거라고…. 각자 자신만의 개성을 뽐내는 아이들이라고 이야기한다. 10년 전에 하늘나라로 떠나보낸 강아지도 예쁜 아이이고 지금 손님 옆에 해맑게 뛰어다니는 아이도 조금 활달한 성격일 뿐 착하고 예쁜 아이라고 설명해 준다. 아마 원장님 몸속에는 녹음기가 있을 것이다. 하도 똑같은 내용을 반복해서 설명하니 나도 외울 지경이다. 이런 설명을 들은 보호자 중에는 이해하는 분도 있고, 아닌 분도 있다. 그래도 원장님은 지치지 않고 다음 이야기를 한다. 덩치 큰 몰티즈를 왕티즈라 부르는데 이런 친구는 잔병치레가 없고 궁디 팡팡하는 맛이 있다고 해주고, 너무 작아서 병원에 자주 와서 투덜대는 손님에겐 남들이 못 키우는 예쁜 아이돌 강아지를 키운다며 자부심을 느끼라고 이야기한다. 이렇게 아이 하나하나 편들어 준다. 그래도 투덜대는 보호자를 보면 최후의 일격, 일명 팩트폭격을 한다. 아이들이 보기에도 보호자인 우리가 키는 180cm에 잘 생기고 예쁜 미스코리아는 아니라고. 그래도 아이들은 우리를 세상 제일 멋진 사람으로 좋아해 주는데 정작 우리는 이런저런 이유를 들어 아이들을 깎아내리면 의리가 없는 거라고 한다. 이 정도로 이야기하면 손님들도 더 이상 다른 소리 못하고 웃으면서 아이들을 데리고 집으로 간다.

나 역시 한때는 이상한 강아지였다. 사람들이 나를 볼 때마다 "저 아이는 뭐예요? 왜 저렇게 생겼어요?"라고 말했다. 그래서 나는 늘 기가 죽어 있었다. 못생기고 볼품없게 생겨서 한쪽 구석에 있는 아이였다. 하지만 지금은 아니다. 매일 아침 원장님은 출근하면서 "김쫑순~ 세상에서 하나뿐인 김쫑순~" 이렇게 내 이름을 불러준다. 그러면 나는 완전 반갑게 원장님 주변을 뛰어다닌다. 그러면 원장님은 나를 번쩍 안고선 "쫑순이는 우리병원의 주인이니까 오늘도 잘 부탁한다~"라고 말해준다. 매일 같은 말을 들어도 전혀 질리지 않는 말이다. 아침마다 자신감 뿜뿜 넣어주니 어깨 쫙 펴고 당당하게 오늘도 살아간다.

참! 병원 주인으로서 보호자들께 한마디 하자면, 세상에 좋은 강아지, 나쁜 강아지는 없다. 하지만 이상한 보호자들은 많다는 건 비밀! ㅎㅎ

사랑한다는 거짓말,
아낀다는 거짓말

원장님은 평소에는 별로 말이 없는 사람이다. 일요일은 혼자 출근하는데 진료 볼 때를 제외하곤 거의 한마디도 안 한다. 처음엔 화가 났나, 아니면 어디가 아픈가 하고 걱정도 되고 괜히 눈치도 보였다. 하지만 지금은 안다. 그냥 말을 안 한다는 걸. 원장님은 원래 말이 없는 편이지만 병원을 운영하다 보니 아무래도 말을 많이 해야 할 때가 있는 것 같다. 보호자들이 아픈 아이들을 데리고 오면 강아지, 고양이는 말을 못 하니 보호자분이 대신 아이 상태를 설명해 주어야 한다. 그런데 보호자들도 바빠서 아이들 상태를 잘 모를 때가 많고 특히 처음 키우는 분들은 어떤 정보를 수의사에게 전달해야 하는지를 모르는 경우가 많다. 그러다 보니 원장님은 보호자들과 천천히 그리고 자세히 아이들의 상태에 대한 이야기를 나누면서 스무고개 하듯이 아픈 곳을 알아내어 아이들에게 어떤 문제가 있는지 파악한다.

그 속에서 아이들이 언제부터 아팠는지, 얼마나 자주 아픈지, 또 아프기 전에 무슨 다른 일은 없었는지 보호자들이 편하게 이야기할 수 있도록 자연스레 대화를 풀어간다. 상담을 마치면 아이들이 지금 아픈 정도와 아픈 이유를 최대한 이해하기 쉽게 설명해 드리고 치료 과정과 치료 계획 등도 하나하나 짚어가며 이야기한다. 거기다 집에 가서도 잊어버리실까 메모까지 해서 보호자들에게 한 번 더 전해드린다. 이렇게 하다 보니 종일 이야기할 때가 많고 특히 비슷한 증상의 환자가 연달아 오면 같은 내용을 반복해서 설명하니 옆에서 보고 있으면 내가 다 지치는 느낌이다. 얼마나 힘들까…. 마음이 쓰인다. 어느 날엔 귀가 아픈 아이들이 연속해서 다섯 아이가 왔다. 그러다 보니 원장님은 같은 말을 되돌이표처럼 다섯 번이나 했다. 물론 같은 병이라도 아이마다 다르고 보호자들께서 이해하는 방식이 다르니 일부분은 설명도 다르게 해야 한다.

　이런 원장님을 정작 가장 힘들게 하는 건 따로 있다. 바로 보호자들로부터 상담 중 거짓말을 들을 때이다. 어쩔 수 없이 거짓말인 걸 알면서도 들어야 할 때가 있다. 처음부터 거짓말은 아니었지만, 결과적으로 거짓말이 되는 일도 있다. 난 정말 이해할 수 없다. 처음엔 어떤 말이 거짓말인 줄도 몰랐다. 하지만 지금은 안다. 사람들이 하는 말 중에서는 거짓말이 있다는 것을. 사랑한단 거짓말, 보고 싶을 거란 거짓말, 지켜준단 거짓말 그리고 돌아온단 거짓말…. 다 거짓말이다. 물론 아닌 경우가 더 많다. 훨씬 더 많다. 사랑하고 아껴주고 책임지며 지켜주는 분들이 대부분이다. 하지만 거짓말을 하는 사람도 분명히 봤다. 아기 때는 세상 예쁘다고 귀하다고 하고선 그 사랑이 유통기한이 있는 것처럼 사라져 버린 사람들….

석 달 전인가, 몰티즈 사랑이라는 아이가 입양을 간다고 보호자가 그동안 예방접종을 한 기록을 받으러 왔다. 사랑이는 이제 겨우 두 살이 넘은 에너지 넘치는 아이였다. 이름처럼 사랑을 넘치게 받던 아이였고 산책길에도 자주 놀러 와서는 병원을 한 바퀴 뛰어다니는 장난꾸러기였다. 보호자분은 몸이 좋지 않아 산책도 못 해줘서 늘 미안하다며 항상 안쓰러워했다. 사랑이는 나랑 순정이와도 친해져서 미용하러 오거나 한 번씩 보호자가 호텔 서비스를 맡길 때마다 우린 항상 사이좋게 놀았다. 하지만 그런 사랑이가 어쩔 수 없이 친척 집으로 입양을 가야 한다고 했다. 원장님은 접종 카드와 평소 진료받던 치료내역을 준비해 주면서 간식 한 봉지를 담아서 잘 가라고 인사를 했다. 이제 못 본다고 생각하니 나도 아쉬웠다. 그런데 오늘 사랑이 엄마가 갈색 푸들 강아지를 데리고 왔다. 맙소사! 너무 사랑이가 보고 싶고 힘들어서 사랑이 대신 푸들 아기를 입양 받았다고 한다. 이름은 초코란다. 품에 꼭 안고선 계속 뽀뽀하며 예뻐서 어쩔 줄 몰라 한다. 그런데 원장님은 심각하게 옆에서 쳐다보고만 계신다. 가만히 보니 원장님은 컴퓨터 한번, 보호자 한번, 또 컴퓨터 한번 보기만 할 뿐 초코라는 아기 푸들을 보려고 하지 않는다. 나중에 실장님께 들은 이야기론 벌써 초코는 세 번째 강아지라고 한다. 사랑이 전에는 바다라고 또 다른 강아지가 있었다고…. 보호자는 초코라는 아이를 실컷 자랑하고 가셨지만 원장님은 심란한지 진료실 책상에 가만히 앉아만 있었다. 나도 괜히 기분이 좋지 않았다.

이처럼 보호자들은 때로는 이해할 수 없는 말과 행동을 한다. 너무너무 사랑하고 예뻐하지만 알레르기가 생겨서, 이사를 해서, 임신을 해서 등등의 이유로 반려동물을 어디론가 보낸다. 집에 일이 있다고 호텔을 맡기면서 사진 찍고 뽀뽀하고 이틀 밤만 자고 있으면 데리러 오겠다고 하고선 그대로 연락 두절인 사람도 봤다. 전화도 받지 않고 그냥 오지 않는다. 꼭 데리러 올 거라고 하고선 오지 않는다. 다 거짓말이었다.

원장님은 그래서인지 말을 아낀다. 사랑한다는 말도 지

커줄 거란 말도 잘 안 한다. 그래도 난 알 수 있다. 원장님이 아끼는 말이 무엇인지…. 처음 만났을 때의 원장님은 지금과는 조금 달랐다. 그냥 잘 웃고 농담도 잘하는 분이었다. 그때도, 지금도 진료할 때는 많은 이야기를 한다. 너무 많이 이야기해서 목소리가 갈라지는 것도 봤다. 달라진 건 요즘은 웃는 일이 별로 없다는 거다. 거기다 아기 강아지가 조금씩 자라면서 사고뭉치가 되고 귀여웠던 외모가 조금씩 사라지면 걱정이 늘어간다. 또 10살이 넘는 아이들이 자주 아프기라도 하면 더 큰 걱정이다. 왜냐하면 자주 아프다는 건 앞으로 더 오래 아플 예정이라는 뜻이고 그건 보호자들을 힘들게 한다는 뜻이니까. 진료비도 많이 나오고 병원에 데리고 다니느라 시간도 많이 있어야 한다. 그러다 보니 보호자들이 치료 과정을 버거워할 때가 많다. 그래서 농담 반 진담 반으로 못 키우겠다고 말하는 분들이 있는데 그럴 때마다 원장님의 가슴이 철렁 내려앉는 걸 봤다.

어느 날인가 강아지를 세 번째 바꾸신 보호자분이 병원

에 왔다. 처음 키운 몰티즈는 대소변을 못 가린다고 6개월 쯤 되었을 때 분양받은 펫샵으로 돌려보냈다. 그리고 바꿔온 강아지가 포메라니안이었다. 너무 귀엽고 똑똑한 아이였지만 털이 많이 빠진다고 1년도 되지 못해 또 어디론가 파양했다. 그리곤 이번엔 비숑 프리제를 데리고 오셨는데 털도 안 빠지고 똑똑하다고 예뻐 죽겠다고 난리다. 그렇지만 원장님도 나도 걱정이다. 왜냐하면 벌써 몸무게가 5kg이 넘는다. 아직 6개월밖에 안 되었는데…. 아마다 자라면 8kg이 넘을 텐데 그러면 크다고 또 못 키우는건 아닌지 걱정이다. 벌써 미용비가 많이 든다, 덩치가 있어서 많이 먹고 많이 싼다고 힘들다고 하니…. 곧 듣게 될 말이 두렵기만 하다.

　나와 친구들은 말하지 못한다. 당연히 거짓말은 더 못한다. 우린 늘 진심이기에 거짓말로 누군가를 아프게 하는 일은 없다. 강아지가 눈을 반짝이며 꼬리를 흔들 때는 사랑한다는 말이고, 주인이 퇴근해 집에 오면 좋아서 보호자의 발아래를 빙글빙글 뛰어다니는 건 보고 싶었다는 말이다. 고양이가 슬그머니 다가와 머리로 쓰윽 한번 문지르고 가는 건 곁에 있는 사람을 믿는다는 뜻이고 더 나아가 부비부비 자기 몸을 보호자에게 비비는 것은 좋아한다는 뜻이다. 그러니까 우리는 말하지 못해도 다 말할 수 있다. 사랑한다고, 좋아한다고 그리고 보고 싶었다고…. 다 진심이다. 이런 우리에게 어떤 사람들은 거짓말로 대답하지만, 난 또 안다. 그렇지 않은 사람들이 더 많다는 것을. 원장님이 그렇고 실장님이 그렇고, 우리 병원에 다녀가시는 많은 보호자분들이 그렇다. 눈이 보이지 않아 엄마가 없으면 밥도 못 먹는 열일곱 살 초롱이를 위해 일하면서도 하루 세 번 집으로 뛰어가는 초롱이 엄마를 보면 알 수 있다. 시계처럼 정확하게 초롱이 밥을 먹이고 화장실에 데려가고 다시 일하러 뛰어간다. 사랑한다는 건 이런 게 아닐까? 지켜준다는 건 이런 게 아닐까? 백 마디 말보다 오늘 하루 아이를 어떻게 먹이고 어떻게 챙길까를 고민하는 것. 실은 그런 보호자들이 더 많다. 그래서 나는 안다. 그런 보호자들을 보면서 원장님이 또 한 번 힘을 낸다는 걸 안다. 그래서 나는 오늘도 원장님께 이 말을 온 마음을 다해 전해본다. "원장님, 파이팅!"

0월 0일
날씨: 다람쥐도, 거북이도, 개구리도 겨울잠을 준비하느라 바쁜 날

지나친 관심과 무관심 사이
있잖아요, 사랑은 난로와도 같은 거래요

동물병원에 오는 손님들은 대부분 강아지나 고양이를 아들이나 딸처럼 키운다. 정말 가족처럼 생각하면서 돌본다. 그래서 요즘은 우리를 애완동물이라고 하지 않고 반려동물이라고 부른다. 그러다 보니 예전보단 아이들을 더 잘 키우려고 노력하는 분들이 많아져서 우리들의 생활이 더 나아지고 있다. 하지만 반대의 경우도 있다. 세상은 더욱 빠르게 돌아가고 다들 직장 다니고 학교에 다니느라 강아지, 고양이들이 혼자 있는 시간이 늘어난 경우도 많다. 이처럼 더 사랑받는 아이들도 있고 바쁘다는 이유로 혼자

집을 지키는 아이들도 있다. 이렇게 키우는 보호자들의 생활에 따라 사랑의 방식이 다르다 보니 아이들에게 지나친 관심과 사랑을 주는 보호자도 있고 반대로 아이들에게 아주 무관심하고 방관하는 보호자도 있다. 신기한 점은 이 둘 다 우리를 힘들게 한다는 거다.

사실 나는 처음에는 이해가 가지 않았다. 아끼고 사랑하는 건 좋은 게 아닌가? 매일 아침저녁으로 안아주고 어디든 데리고 다니고, 한 번도 떨어뜨려 재우거나 맡기는 일이 없는 친구들을 부러워한 적이 많았다. 날마다 엄마 품에 사는 아이들이 참 많이 부러웠다. 그런 친구들은 늘 안겨 있고 항상 든든한 엄마, 아빠가 있는 것 같았다. 그렇지만 오래 병원 생활을 하다 보니 꼭 그런 것만은 아니었다. 얼마 전 장례식을 가느라 어떤 보호자분이 희망이라는 8살 푸들 친구를 병원에 맡겼다. 희망이는 병원에 예방접종도 하러 온 적도 있고 미용도 두 달에 한 번 다녀가는 아이라 병원에 몇 시간씩 있어 본 적도 있는 아이다. 그럼에도 난생처음으로 엄마 없는 낯선 밤을 병원에서 보내니 밤새 울고 입원장 문을 긁어서 발톱도 부러지고 밤새 잠을 못 자서 눈도 빨갛게 충혈되었다. 덩달아 나도 불안해서 한숨도 못 잤다. 당연히 밥도 안 먹고 물도 안 마셨다. 사료는커녕 육포도 안 먹고 맛있는 닭가슴살 캔도 거부했다. 더욱 답답했던 건 보호자가 바로 올 수도 없는 상황이라는 걸 희망이는 모른다는 사실이었다. 결국 3일 밤낮을 울고 나서 보호자분이 돌아왔을 때 희망이는 강제 다이어트 상태로 집으로 돌아갔다.

다른 경우도 있다. 아빠 보호자가 너무 사랑해서 하루에 세 끼 식사에 두 끼 간식 그리고 영양제까지 꼬박꼬박 먹이는 미니라는 몰티즈가 있다. 이름에서 알 수 있듯이 미니는 작은 몰티즈이다. 처음 우리병원에 왔을 때 너무 작아서 미니라고 했다. 그런데 지금은 미니가 아니다. 2살이니 다 커서 표준 몸무게가 3kg 정도 나가야 하는데 현재 7kg이다. 심각한 비만이다. 문제는 계속 살이 찌고 있다는 거다. 이렇게 두면 나중에 큰 문제가 생긴다고 아무리 이야기해도 아빠 보호자가 도통 들으려고 하질 않는다.

초롱초롱한 눈으로 쳐다보는데 어찌 밥을 안 줄 수 있냐고 오히려 살이 안 찌는 음식이 없냐고 되물으니, 원장님은 난감해서 어쩔 줄 모른다. 벌써 관절에 무리가 와서 다리도 한 번씩 절뚝이고 살이 쪄서 숨쉬기도 힘들어한다. 그래도 사랑하니까 오늘도 참치 통조림에 밥 한 그릇 싹싹 비벼서 먹인다.

이렇게 너무 사랑해서 아끼다 보니 그 사랑이 아이들에게 독이 되기도 한다. 넘치는 사랑으로 문제가 생기면 오롯이 힘든 건 아이들이다. 살이 쪄서 몸이 무겁고, 다리가 아픈 것도 아이들이고 혼자 있는 법을 배우지 못한 아이들이 홀로 남겨졌을 때 그 외로움을 견뎌내야 하는 것도 아이들이다. 나는 그걸 병원에 오는 아이들을 보면서 알게 되었다. 지나친 사랑과 관심은 아이들을 더 힘들게 할 수도 있다는 사실을…. 정말 사랑한다면 아이들이 어떤 상황에서도 스스로 살아가는 힘을 길러주고 여러 환경변화에도 잘 적응할 수 있도록 가르쳐 주어야 한다. 또 맛있는 음식을 먹는 즐거움도 있지만 더 재밌고 행복하게 노는 법도 배울 수 있게 도와주어야 한다.

    반대로 너무 무관심하고 나아가 방치하다시피 하는 보호자들도 있다. 실내에서 키운다고 하기엔 털과 발톱이 너무 길어서 엉망으로 오는 친구들도 있고 눈앞에 자란 털이 길면서 눈곱과 엉겨 붙어 눈까지 망가져서 오는 아이들도 있다. 아침 시간 5분이면 케어가 가능한데 무심한 보호자 때문에 아이들은 말도 못 하고 오롯이 불편함을 견뎌야 한다. 더 나아가 건강에 문제가 생겨도 그냥 살아야 한다. 한번은 2주째 밥을 안 먹고 물만 먹고 잠만 자는 호두라는 아이가 왔다. 나이가 들어 그런 거니 하면서 간식은 조금씩 먹는데 며칠 전부터는 간식도 물도 안 먹어서 데리고 왔다고 바쁘다고 빨리 주사 놓아 달라고 한다. 몸무게도 1kg이나 빠지고 힘없이 진료대에 엎드려 있는데 언뜻 보기에도 많이 아파 보인다. 보호자께 이런저런 질문을 해도 다 잘 모르겠다고만 한다. 너무 바쁘다고 지금도 빨리 가야 한다는 말만 되풀이할 뿐이다. 새벽에 나가서 밤에 오니 아이 상태에 대해 거의 아는 게 없는 것 같았다. 결국 원장님은 몇 가지 검사를 해보고선 호두가 자궁에 문제가 생겼다고 했다. 자궁축농증이란 병이다. 결국 응급으로 수술하고 퇴원하기까지 원장님과 내가 며칠 밤을 새웠는지 모른다. 다행히도 집에 갈 때쯤 밥그릇 싹싹 핥아가며 먹을 정도로 식욕도 돌아와서 걸어서 병원문을 나갔다.

이렇게 보호자의 무관심은 아이들의 생명을 위협하기도 한다. 그렇다고 원장님이나 내가 아파트를 돌아다니며 가정방문을 할 수도 없고 아이들이 스스로 아프다고 병원에 올 수도 없으니, 보호자가 바쁜 상황이라면 일부러라도 한 달에 한 번 날짜를 정해 아이들 건강을 챙겨주어야 한다. 작은 관심과 주변의 도움을 받는다면 좀 더 아이들을 건강하게 키울 방법은 많다. 문제가 커지고서야 해결하려 하지 말고 미리 챙긴다면 아이들도 보호자들도 함께 행복하게 살아갈 수 있을 것이다. 원장님도 기쁜 마음으로 적극적으로 도울 거다.

원장님이 말하길, 사랑은 적당한 온도와 적당한 거리가

필요하다고 한다. 보호자들이 주고 싶은 사랑보다 그 사랑을 받는 아이들의 상황이 우선이다. 우리는 보호자들이 주는 사랑을 무조건 받아야 한다. 그러니 선택권은 보호자께 있다. 사랑을 넘치게 주는 것도 감사하고 가끔 바빠서 우리를 돌보지 않고 사랑을 주지 않아도 우리는 여전히 보호자를 사랑한다. 하지만 동물병원에서 사는 강아지로서 전국에 계신 보호자 분들께 이 말을 꼭 전하고 싶다.

언제나 사랑받고 보호받아야 할 우리 친구들을 먼저 생각해 주시고 우리에게 딱! 필요한 만큼의 사랑을 주는 그런 보호자가 되어주세요~! 그리고 앞으로도 쭈~욱 마니마니 사랑해 주세요. 꼭이요~!

강아지도 우울증에 걸릴 수 있습니다

요즘처럼 찬 바람이 불고 추워지는 계절이면 사람도, 강아지도 움츠러들기 마련입니다. 고양이들도 따뜻한 이불 속에서 꼼짝하지 않고 식빵(?)을 굽는 시간이 늘어납니다. 그러다 보니 활동량도 줄어들고 귀차니즘에 빠져서 먹는 것도 시큰둥, 노는 것도 시큰둥 흥미를 잃고 잠만 자려고 합니다. 결과적으로 밥도 잘 안 먹고 시무룩하게 있는 모습이라 보호자들이 병원에 데리고 오는 경우가 많습니다. 어디가 아픈가, 딱히 토하거나 설사처럼 증상이 있지는 않은데 아무튼 아픈 것 같답니다. 또 다른 경우는 한 살, 두 살 때는 에너지가 넘쳐서 키우기 버거울 정도였는데 다섯 살, 일곱 살 나이가 들어가면서 변했다고 걱정입니다. 더 나이가 들어 10살쯤 되면 도통 움직이기도 싫어하고 무기력하니 우울증이 온 것 같다, 벌써 치매가 온 것 아니냐는 내용으로 상담을 합니다. 이처럼 많은 아이가 성격의 변화와 행동의 변화가 함께 나타납니다. 이러한 현상은 보통은 가볍게 지나가기도 하지만 때로는 오랜 기간 아이들을 힘들게 하기도 합니다.

우울증은 여러 가지 이유로 발생합니다. 일반적으로 강아지, 고양이들은 규칙적이면서 안정적인 생활 환경이 필요합니다. 일과가 정해져 있고 주보호자가 살뜰히 챙기는 아이들은 우울증에 걸릴 확률이 낮습니다. 어떤 이유로 생활 환경이 바뀌고 특히 아이들이 이해하지 못하는 상황, 예를 들어 다른 곳으로 입양을 가게 되는 큰 환경의 변화, 어쩔 수 없이 병원이나 펫샵에 장기 호텔에 맡겨지는 경우 큰 스트레스를 받습니다. 먹고 자고 생활하는 장소가 바뀌고 믿고 따르는 보호자분이 곁에 없다는 건 아이들 입장에서는 이해할 수 없는 상황입니다. 그러다 보니 불안감으로 잠도 제대로 못 자고 먹지도 못하는 상황이 몇 날 며칠 이어지고 결국 아이들은 좌절감과 두려움으로 마음의 상처를 입게 됩니다. 결국 음식도 거부하고 구석진 곳으로 몸을 숨겨버립니다. 이런 경우 아무리 안아주고 달래주려고 해도 쉽지가 않습니다.

또 다른 경우는 나이가 들면서 자연스레 활동이 줄어들

고 아이들에 대한 보호자분들의 관심도 줄어들다 보니 차츰, 차츰 아이들이 혼자 있는 시간이 늘어나게 됩니다. 이럴 때 보호자 분이 조금 더 신경 써서 챙겨주어야 합니다. 그냥 나이 들어 그렇겠거니 하면서 무심코 넘기시면 아이들은 더 안 좋은 상태가 되기도 합니다. 혹여 아이들 몸에 보호자가 몰랐던 질병이 있는지도 살펴보아야 합니다. 음식의 변화나 환경의 변화가 없음에도 아이들이 최근 들어 식욕과 활력이 저하되고 웅크린 채 잠만 잔다면 아이들의 몸 상태를 먼저 체크해야 합니다. 만성 췌장염이 있어 자주 배가 아파 밥을 안 먹는 건 아닌지 빈혈이 있어 무력하고 힘이 없는 건 아닌지…. 알고 보니 고관절과 무릎관절이 닳아서 걸을 때마다 관절염으로 아파서 활동이 줄고 우울증에 걸렸을 수도 있습니다. 이외에도 치아질환으로 어금니 통증에 시달리는 아이도 있고 백내장이나 녹내장 등 안과 질환으로 시력이 떨어지고 눈 주변 통증으로 움찔움찔 놀라는 아이도 있습니다. 생각보다 많은 아이가 아픈 곳을 말하지 못해 만성 통증으로 우울증에 걸리고 힘들어 합니다. 사람도 두통에 시달리거나 허리가 아프거나 하는 경우 만사 귀찮고 우울증에 걸리는 것처럼요.

다행인 것은 우울증에 걸린 아이들은 보호자분의 노력에 따라 비교적 이른 시일 안에 회복할 수 있다는 겁니다. 물론 그전에 아이들이 우울증에 걸리지 않게 해주셔야 함이 더 중요하지만요. 평소 아이들의 환경을 갑작스럽게 바꾸지 말아주시고, 혹여 살면서 만나야 할 여러 변화에 잘 적응할 수 있는 씩씩한 아이로 길러주셔야 합니다. 그러려면 조금씩 여러 상황극을 통해 아이들에게 환경 극복 경험을 만들어주면 좋습니다. 동시에 나이 들고 삶이 무료한 아이들에게는 환경 풍부화를 통해 삶에 대한 호기심과 의욕을 불러일으켜 주셔야 합니다. 나이 든 할머니, 할아버지들이 봄에는 꽃놀이, 가을에는 단풍놀이 가는 것처럼 콧구멍에 바람을 넣어주셔야 합니다. 산책 경로도 바꿔주시고 신상 장난감도 사주셔야 합니다. 나이 든 강아지, 고양이 보호자의 경우 평소 사용하던 화장품도 향이 조금은 진한 걸로 바꿔주시면 후각이 떨어지는 아이들에게 적당한 자극이 됩니다. 거기다 간식도 보물찾기하듯 집안 곳곳에 숨겨두고 잠자리 방석도 한 번씩 바꿔주면 새로운 자극이 됩니다.

사람들도 우울증에 걸렸을 때 특별한 치료 약이 있지 않습니다. 주변 사람들의 관심과 사랑 그리고 꾸준한 노력으로 극복합니다. 강아지, 고양이도 우울한 모습을 보인다면 주 보호자와 다른 가족분들 그리고 산책 친구 등의 도움으로 극복할 수 있습니다. 혹여 마음이 아픈 이유가 몸의 질병에 있다면 수의사 선생님의 도움으로 치료받는 게 우선입니다. 최근에는 우울증 등을 개선하는 약물도 처방되니 내 아이에게 적절한 방법을 더 찾을 수 있답니다. 마지막으로 아이들은 혼자서 우울해지지 않습니다. 혹시나 보호자의 마음이 우울하지는 않은지 살펴보고 나로 인해 내 아이들이 불안해하고 슬퍼하지는 않는지 한 번 더 생각해보시면 좋습니다. 이 글을 적는 저도 동물병원 원장이자 쫑순이의 엄마로 한 번씩 힘들어 어깨가 처져있을 때마다 슬쩍 뒤돌아보면 아이들이 눈치도 보고 기죽어 있습니다. 그러면 저도 크게 심호흡 한번 하고 목소리부터 당차게 아이들을 부릅니다. 그리고 신나게, 재밌게 한바탕 놀아준답니다. 그러면 아이들도, 저도 한결 기분 좋아지니 우울증은 저 멀리 날아간답니다.

저희가 귀엽긴 해도
사람 아기는 아니랍니다

　요즘은 병원에 오는 친구들이 유모차를 타고 오는 경우
가 많다. 그래서 병원 출입문에도 유모차가 잘 올라오도
록 경사로가 설치되어 있다. 이런 유모차를 개모차라 부
른다. 또 강아지나 고양이가 외출할 때 캐리어 안에 들어
가야 할 때가 있는데, 이때 캐리어는 보통은 천이나 플라
스틱으로 된 작은 가방을 말한다. 나도 원장님 집에 놀러
갈 때나 다른 병원에 방문할 때 분홍색 캐리어에 들어간
다. 캐리어는 좁아 보이지만 오히려 들어가서 앉으면 나
름 아늑하다. 혹시나 이동 중 실수할까 봐 패드도 깔려있

221

고 간식 등을 넣을 수 있는 주머니도 달려 있다. 그런데 이런 캐리어도 요즘은 사람 아기를 안고 다닐 때 쓰는 아기 띠 모양으로 바뀌어서 마치 강아지를 아기처럼 안고 오시는 분들도 많다. 그러다 보니 산책할 때 보면 뒷모습만으로는 아기를 데리고 다니는지, 강아지를 데리고 다니는지 구분이 되지 않는다.

또, 요즘엔 강아지 유치원도 있다. 강아지 유치원이라고 해서 보통 '멍치원' 등으로 불린다. 어린 유치원생들처럼 노란 버스를 타고 가서 아침부터 오후까지 지낸다. 그곳은 간식 시간, 놀이 및 산책 시간, 낮잠 시간 등등 사람 유치원과 비슷하며 가정통신문과 같이 내 아이가 하루를 어떻게 보냈는지 영상이나 수첩 등으로 안내도 한다. 거기다 아이들 옷도 다양하게 입힌다. 예전이라면 추운 날 산책할 때 입는 옷이나 미용 후 체온 조절을 위해 입는 옷 등 두벌이면 충분했는데 최근에는 실내복, 외출복, 잠옷, 비옷…. 거기다 명절 한복에 할로윈 코스프레 옷까지 다양한 옷을 준비해서 매일매일 갈아입힌다. 그뿐이랴 옷에 더해 액세서리까지…. 안전하고 튼튼한 목줄이면 충분했던 과거와 달리 요즘은 목줄 하네스 이름표 종류도 모양도 다양한 것으로 그날그날 기분에 따라 바꿔서 착용한다. 물론 나도 옷도 많고 머리핀도 많다. 왜냐면 병원에 판매되는 옷 중에 제일 예쁘고 새로 나온 옷들을 원장님이 입히고 옷에 따라 어울리는 색깔의 머리핀도 달아준다. 병원에 오는 손님들도 자주 선물로 옷을 사다 주니 나 역시 개인 옷장을 갖고 있다.

이런 분위기에 사실 원장님은 걱정이 많다. 매일 구시렁구시렁 혼잣말을 한다. 원래도 걱정이 많은 분인데 가끔 보호자들과 이러한 이유로 작은 언쟁을 벌일 때도 있다. 며칠 전엔 어떤 보호자분이 두 살짜리 비숑 프리제 아이를 안고 왔다. 몸무게가 7kg로 조금 비만한 강아지였는데 귓병이 나서 병원에 왔다. 그런데 문제는 비숑 프리제 아이를 아기 띠처럼 생긴 모양의 가방에 넣어서 품에 안고 온 것이다. 앞에서 보니 비숑 프리제 아이의 앞다리와 뒷다리가 가방 밖으로 나와 있었다. 즉, 강아지가 세로로

세운 모양으로 안겨 있었다. 무거운 아이를 안고 오다 보
니 보호자도 힘들어 보이고 강아지도 더운지 헉헉거리고
있었다. 우선은 시원한 에어컨 바람을 맞게 하고 잠깐 대
기실에서 원장님과 이런저런 이야기를 나누었다. 원장님
은 그러면서 산책도 할 겸 걸어서 오게 하지 왜 안고 왔냐
고 물었고, 보호자는 길바닥이 더러워서 털이 더러워지면
목욕하기 힘들어서 안고 왔다고 답했다. 또 일반 캐리어
는 답답해 보여서 앞으로 안을 수 있는 아기 띠에 넣어 오
면 아기가 덜 불안해한다고 했다. 이 이야기를 들은 원장
님은 찬찬히 설명했다. 우선 두 살짜리 비숑 프리제면 얼
마나 걷고 뛰고 싶을지에 대해서 말이다…. 냄새 맡으면서
오고 싶었을 거라고, 또 엄마 보호자 분께 안겨 있으면 사
람 체온과 강아지 체온이 같이 올라가는데 강아지는 기초
체온이 높으니 더 힘들었을 거라고. 또, 거기다 강아지는
사람처럼 세로로 오래 안으면 허리에 무리도 가니 다음에
는 살도 뺄 겸 걸어오는 게 좋다고 말했다. 그리고 캐리어
는 강아지가 들어가서 서거나 앉을 때 무리가 없는 크기로
가로형으로 준비하면 좋다고 꼼꼼하게 설명해주었다. 그

런데 정작 보호자는 듣는 둥 마는 둥 했고 오히려 유모차를 산다고 했다. 더 살이 찌면 좋지 않을 텐데 나 또한 걱정스러운 마음이 들었다.

고양이도 다르지 않다. 내가 알기로 고양이는 옷을 입는 친구들이 아니다. 우리 병원 고양이 네로도 이름 새긴 목걸이를 제외하고는 몸에 무언가를 걸치지 않는다. 간호사 선생님이 예쁘게 보이라고 스카프라도 매주면 바로 벗어 버린다. 평소에는 뚱보 고양이인데 이럴 때는 날렵하다. 그런데 병원에 오는 고양이 중에는 옷도 입히고 유모차에 넣어서 또는 목줄을 하고 산책 다니는 고양이도 있다. 나도 산책길에 몇 번 마주쳤다. 고양이는 바닥에 납작 엎드려 주변을 경계하는데 보호자분은 연신 사진 찍기에 바쁘다. 보기에도 무거워 보이는 알록달록 구슬이 주렁주렁 달린 목걸이를 착용한 고양이도 있고 앞다리 발목까지 내려오는 줄무늬 티셔츠를 입힌 고양이도 봤다. 하다 하다 네일아트라고 발톱에 반짝이 매니큐어를 바른 고양이까지 보는 날도 있다. 이런 상황에서 진료하는 원장님은 그냥 답답해한다. 그러면서 진료를 핑계로 옷을 슬그머니 벗기고 발톱도 톡톡 자른다. 그리곤 또 설명이 아닌 설득을 한다. 아마 원장님은 자면서도 잠꼬대로 설명할 것 같다.

우리 원장님도 나와 친구들을 가꾸는 데 진심이다. 그래서 원피스랑 반짝이 야광 목줄도 사고 내가 13살이 넘어가니 유모차도 살까 말까 고민한다. 그래서 보호자들의 마음을 모르지 않는다. 다만, 원장님이 걱정하는 건 보호자들이 자신들이 키우는 강아지, 고양이를 사람 아기로 착각한다는 거다. 처음 동물을 키우는 분들은 아기 강아지, 아기 고양이부터 키우다 보니 정말 아기를 기르는 마음으로 우리를 대한다. 하지만 우리는 사람 아기가 아니다. 우리는 우리의 본성을 갖고 있는 강아지이고 고양이이다. 그래서 가끔 너무 넘치거나 우리에게 맞지 않는 사랑을 주면 당황스럽다. 거부할 자유가 없는 우리는 온전히 받기만 해야 한다. 그래서 아기처럼 키워져야 한다. 아기가 아닌데 아기처럼 크다 보니 여러 문제가 생기기도 한다. 우유도 먹어야 하고 이유식도 먹어야 한다. 문제는 10살 강아지는 사람으로 치면 50대 아저씨인데 아직도 우유와 갈아서 만든 소고기 이유식을 준다는 거다.

"우리 아기는 나하고 떨어지면 죽는 줄 알아요~ 내가 놀러 한번을 못 가요~"라고 하소연하는 보호자분을 보면 난 걱정이다. 우선 아기가 아니라 8살 포메라니안 성견이다. '혼자서도 잘해요'를 배워야 분리불안이 생기지 않는다. 때론 얼마나 힘들까 싶다. 아이도 힘들고 보호자 분도 힘드시고…. 그래서 원장님은 오늘도 열심히 잔소리를 한다. 병원에 오는 분들에게 강아지, 고양이를 사람 아기 대신으로 생각하지는 않는지…. 우리에게 주는 사랑이 잘못된 방식으로 전달되지는 않는지…. 진정한 보호자라면 어떻게 해야 하는지 하나씩 설명한다. 그런 원장님 곁에서 나는 소원한다. 보호자들이 첫 마음처럼 아이를 돌보되 아이가 자랄수록 그에 맞춰 잘 키우기를…. 언젠가 원장님의 따가운 잔소리가 멈추는 날이 오기를 바랄 뿐이다.

제 소원은요,
지금 이대로의 모습으로 사랑받으며 사는 거예요

나는 올해로 13살이 넘었다. 원장님과 10년을 넘게 살았으니 대충 그렇다는 거다. 처음의 내 모습은 지금 같지는 않았다. 털도 별로 없고 비쩍 말라서 볼품이 없었다. 그러다가 잘 먹고 살도 포동포동 찌니 자연스레 털도 풍성하게 자랐다. 눈이랑 코도 반짝거리고, 예전에 사진관에서 기념으로 사진을 찍었는데 내가 봐도 아주 근사하다. 당연히 사진관에서 예쁘게 보정을 해줬겠지만 그래도 본판이 예쁘니까 사진도 멋지게 나왔다고 생각한다. 내 친구들도 그렇다. 그날 사진관에서 원장님, 실장님 그리고 미용사님과 단체 사진도 찍었는데 다들 젊고 활기차 보인다. 그때가 벌써 7년 전이니, 지금은 다들 모습이 변했다. 미용사 선생님도 나를 보며 풍성했던 털이 약해지고 가늘어졌다고 한숨이다. 아무리 예쁘게 미용해도 예전 인물이 아니라고 ㅠㅠ. 그러면 지나가던 원장님이 한마디 거든다. 미모 전성기가 지나갔다고…. 그러면서 원장님도 아이 셋 낳고 머리숱도 줄고 피부도 거칠어져서 같이 늙어가니 우린 동지라고 한다.

이런 나와는 달리 아직 내 단짝 순정이는 쌩쌩하다. 물론 유기견이니 나이가 정확하진 않지만, 확실히 나보다는 어리다. 털도 많고 모질도 좋아서 미용하면 아주 예쁘다. 팔다리 근육도 팽팽하고 무엇보다 정신연령이 아주 낮다. 장난감 하나에 목숨 걸고 간식 먹을 때는 친구고, 원장님이고 없다. 아주 단순하니 먹고 놀고 자고를 반복하는 아이다. 아무 생각도 없고 그러니 당연히 걱정이 없다. 그래서 젊음을 유지하나 보다. 순정이 외에도 병원에는 아기 강아지부터 아기 고양이, 또 6개월에서 2살 정도 되는 아이들이 온다. 너무너무 귀엽고 예쁘고 건강미가 넘친다. 이 나이 때는 못생겨도 예쁘다. 이상하게 생겨도 예쁘다. 덩치가 작으면 당연히 귀엽고 덩치가 커도 예쁘다. 결론은 어리고 젊으면 다 예쁘다. 이렇다 보니 아무래도 보호자들은 어린아이들을 좋아한다. 병원에 오는 손님들도 순정이와 짱이를 더 예뻐할 때가 많다. 속상할 때도 있지만 이해가 된다. 나도 아기 강아지나 아기 고양이가 오면 눈이 하트 뿅뿅이 되고 반대로 나이가 15살, 17살 노령견, 노령묘를 보면 예쁘기보다 불쌍해 보인다.

내가 사는 병원에는 나보다 더 나이 든 아이들도 많이 오는 편인데 다들 걸음걸이도 휘청거리고 뒷다리가 벌벌 떨린다. 사람들도 파킨슨병이라고 손발이 떨리는 경우가 있어 일상생활이 힘들 수가 있다고 원장님이 설명해 준 적이 있다. 강아지들도 스무 살 가까이 되어 가면 사람 나이로 80대 90대가 되니 걸음걸이도 이상해지고 치매가 오는 친구들도 많다. 병원에 오는 어떤 아이는 매일 제자리를 빙글빙글 돈다. 같은 방향으로 계속 돈다. 처음에는 나도 이상했지만, 그냥 그러려니 한다. 그렇게라도 걸어야 관절이 굳지 않고 다리 근육이 힘을 쓴다고 원장님께 들었다. 또 다른 친구는 뒷다리가 굽어서 거의 앞다리로 걷는데 무슨 이유인지 소리를 계속 지른다. 달래도 안 되고 안아줘도 안 되니 밤에는 수면제를 먹고 자야 한다고 한다. 방울이라는 아이는 양쪽 눈이 아픈 데다 시력도 잃어서 누군가 도와주지 않으면 스스로 먹을 수가 없다. 그래서 보호자분이 집을 비울 때는 병원에 맡긴다. 그러면 원장님이 밥을 챙겨 먹이는데 작은 숟가락으로 밥을 떠주면 아기 새처럼 아주 잘 받아먹는다.

이런 친구들을 볼 때마다 마음이 안 좋다. 힘드서서 그런지 불평불만 늘어놓은 보호자들의 이야기를 듣는 것도 힘들다. 이런 경우가 아니어도 보호자들께 사랑받지 못하는 친구들이 생각보다 많다. 어릴 때는 귀염둥이였다가 막상 다 자라고 나선 아기 때의 귀여운 모습을 잃어버린 친구들이 많다. 거기다 보호자들의 사랑도 식어서 무관심 속에서 생활하는 아이들도 있다. 게다가 크면서 자잘한 사고도 치고 여기저기 아프기라도 하면 돈 먹는 하마라고 구박을 받기도 한다. 내 옆에 있는 덩치 큰 몰티즈보다 SNS 사진 속 앙증맞은 포메라니안 강아지에 더 눈이 간다는 보호자도 있다. 우리 집 강아지 시추보다 산책길에 만나는 털이 근사한 비숑 프리제 강아지에게 더 애정 어린 눈빛을 보내기도 한다. 때론 귀여운 모습에 반해 유행하는 강아지를 입양하기도 한다. 그리고 동생이라고 소개하니… 우리는 그저 받아들일 수밖에 없다. 그렇게 찬밥 신세가 되는 아이들이 한둘이 아니다. 이런 일들을 여러 번 겪은 원장님은 보호자들께 자주 다음과 같이 이야기한다. 내가 말을 할 수 있다면 동네방네 떠들고 다닐 내용이다. 하도 들어서 외운다.

"보호자님~~ 오늘 이 친구들 한번 안아주면서 이렇게 다짐하세요! 나 ○○○은 나의 눈앞에 있는 나의 반려동물 △△△을 나의 가족으로 맞이하며, 오늘부터 기쁠 때나 슬플 때나, 오늘부터 죽음이 우리를 갈라놓을 때까지, 더 좋을 때나 더 나쁠 때나, 더 부자일 때나 더 가난할 때나, 아플 때나 건강할 때나, 변함없이 나의 반려동물 △△△을 사랑하고 보살피며 살아갈 것을 약속합니다."

아주 진지하고 엄숙하게 이야기한다. 처음 분양받은 가족들에게도 이야기하고 아이들이 한 살, 두 살 나이 들어갈 때, 가끔 가족분들 사이에 의견 차이로 강아지를 다른 집으로 보내려고 할 때도 이 이야기를 한다. 특히나 7살이 넘고 한 번씩 아이들이 아플 때 꼭 이 말을 한다. 10살이 넘어가면 따로 보호자 면담을 요청해 앞으로 정말 힘든 시간이 찾아올 수도 있다고 사뭇 엄숙하게 이야기하고 바쁘신 보호자들께는 문자로 내용을 보내기도 한다. 원장님은 아예 계약서라도 쓰고 도장이라도 쾅 받고 싶다고 하니 그 마음이 너무 이해된다.

병원에서 오래 살고 많은 아이를 보다 보니 앞날이 보이는 아이들이 있다. 나의 앞날도 모르는데 다른 아이들을 걱정하는 게 우습기는 해도 최소한 나의 원장님은 의리로라도 나와 친구들을 키울 분이다. 결혼생활도 의리로 한다고 하는 걸 보니(하하). 그래서 나도 의리 있게 우리 병원을 오래 다닌 하늘이, 마루, 초코, 사랑이… 곁을 지키려고 한다. 아이들이 병원에 왔을 때 한 번이라도 더 잘 해 줘야지. 혹시 아이들이 실수해도 넘어가 주고 아이들에게 무슨 불편한 일 있으면 빨리 뛰어가서 원장님께 알려야지. 그리고 보호자들께도 열심히 매력 어필을 해 볼 생각이다. 나이가 들고 모습이 변해도 그 모습 그대로 충분히 사랑스럽다는 걸 알리기 위해서. 그러다 보면 보호자들도 알아주지 않을까. 친구들이 지금 그대로의 모습으로도 사랑받을 자격이 있고 넘치게 이쁜 아이들이라는 것을.

오늘도 난 병원에 오시는 보호자들께 눈빛으로 말한다. 품에 안고 계신 아이들이 어리든 나이가 들었든, 똑똑하든 아니면 조금 모자라든 그냥 그 모습 그대로 사랑해 주세요.

앉아, 엎드려, 손!
훈련은 힘들어, 천천히 배웠으면

나는 병원에서 대부분의 시간을 규칙적으로 보낸다. 아침부터 저녁까지 대부분을 원장님이 짜주신 시간표대로 산다. 일주일, 한 달 스케줄도 정해져 있다. 밥 먹는 시간이랑 놀이 시간 등도 늘 같은 시간이고 매주 수요일은 목욕하는 날이며, 한 달에 한 번은 미용을 한다. 또 한 달 주기로 심장사상충 예방약도 하고 일 년에 두 번 예방주사도 맞는다. 병원에 문제가 있거나 원장님께 중요한 일정이 있는 경우 조금씩 변경되지만 거의 똑같다고 보면 된다. 왜냐하면 그렇게 해야 나와 친구들이 바쁜 병원 일정에 밀려서 해야 할 것들을 놓치지 않을 수 있기 때문이다. 지난주 수요일은 미용하러 온 강아지들이 많아서 나와 순정이가 목욕을 하지 못했다. 내심 귀찮은 목욕을 안 해서 좋기도 해서 이번 주는 그냥 지나가려고 했으나… 그런 일은 없다. 저녁 6시 병원 일을 대략 마무리한 원장님이 직접 나와 순정이를 목욕시켰다. 이런 경우 더 말을 잘 들어야 한다. 왜냐면 목욕할 때 장난치거나 하면 엄청 혼이 나니까. 또, 원장님은 우릴 씻기고 또 퇴근해야 해서 두 배로 힘들기도 하니까….

이렇게 해야 할 일과 지켜야 할 일정이 많아서 때로는 내 마음대로 살고 싶기도 하다. 솔직히 목욕하기 싫은 날도 있고, 심지어 산책하러 나가기 싫은 날도 있다. 병원에 오는 손님들은 나만 보면 '앉아! 엎드려! 손!'을 시킨다. 내 나이가 벌써 10살이 넘어가는데 꼭 나를 아기 가르치듯 훈련한다. 간식을 손에 들고 열심히 지시하는데 난 하고 싶지 않다. 병원에는 넘치는 게 간식이고 참고로 오늘도 벌써 두 번이나 먹었다. 그래서 간식을 핑계로 훈련을 시키는 보호자분을 보면 더 안 내킨다. 어제도 '앉아! 손!'을 열 번도 더 했다. 문제는 그런 손님들이 하루에 연속해서 오면 그날은 아마도 훈련의 날이 아닌가 싶다. 하다 하다 '빵'까지! 하면 쓰러지는 동작도 해야 하니…. 배우지 못한 나와 친구들은 눈을 멀뚱멀뚱 쳐다볼 뿐이다. 그러면 포기가 없는 보호자들은 우리를 붙잡아 옆으로 눕혀 훈련을 시킨다. 눈치 빠른 나야 어설프게나마 따라 하지만 머리가 좀 나쁜 단심이는 매번 낑낑대기만 한다. 결국 원장님이 나오셔서 우리 편을 들어주면 상황이 끝이 난다.

원장님이 우리 편을 들어줄 때 꼭 하는 이야기가 있다. 〈내 멋대로 해라〉라고 원장님이 좋아하는 드라마가 있다. 그 드라마 제목처럼 원장님은 우리에게 꼭 지켜야 할 내용 말고는 다 마음대로 하라고 한다. 손님들에게도 이야기한다. '손!'이나 '엎드려!' 같은 건 따로 가르치지 않는다고…. 당연히 '빵!'이나 '좌로 굴러', '우로 굴러'도 가르치지 않는다고. 그 대신에 짖을 때 '그만!', 병원 매장에 사람이 많을 때 '하우스!'(우리가 같이 지내는 방석으로 돌아가라는 말) 그리고 '기다려!' 훈련만 한다고 말한다. 즉, 우리는 꼭 필요한 훈련만 한다. 병원에서 지내기 위해 배워야 할 몇 가지 규칙을 알려주는 훈련어만 연습한다. 그리고 한 번에 하나씩만 배운다. 우리 병원엔 우리 말고도 자주 유기견이 온다. 5월에 들어왔다고 오월이, 세상 복을 다 받고 크라고 다복이 등등. 유기견들이 들어오면 원장님이 이름을 붙여주고 일정 기간 훈련을 시킨다. 그러면서 병원에서 이런저런 건강관리와 미용을 해서 좋은 분들에게 입양을 보낸다. 그럴 때도 꼭 필요한 훈련만 한다. 아파트에서 크는 경우가 많으니 짖지 않게 또 잘못된 행동을 멈추기 위해서 '그만!'이라는 훈련을, 지나치게 흥분하거나 조절하는 능력이 부족한 산만한 아이들에게는 '기다려!' 훈련을, 마지막으로 자기 집으로 돌아가서 간식도 먹고 잠도 자도록 하는 '하우스!' 훈련을 한다.

사람들이 보기엔 어떨지 몰라도 몇 가지 지킬 것만 딱딱 지키면 나머지는 마음대로 해도 되는 게 나는 참 좋다. 놀이 시간에 우당탕 큰소리로 뛰어도 되고 친구들과 장난인지, 싸움인지를 할 때도 원장님은 그냥 둔다. 어린 강아지와 놀다가 피곤해서 자고 싶고 쉬고 싶을 때는 원장님께 슬쩍 눈빛을 보내면 나를 진료대 아래 방석에 따로 데리고 간다. 손님들에게는 잔소리가 많은 원장님이지만 우리에겐 몇 단어 외에 따로 말씀이 없다. 그냥 우리를 우리끼리 살게 한다. 그 이유를 나중에 들었다. 많이 안아주고 예뻐해 주고 싶을 때도 많지만 저녁이 되면 퇴근해야 하니 사람의 손길보다는 친구들과 같이 씩씩하게 지낼 수 있게 하는 게 필요하다고. 새로 근무하는 직원분이 순정이나 짱이 등 한 아이만 편애하면 바로 문제 삼는다. 무조건 사랑하기보다 아이들에게 필요한 찐 보호자가 되어주라고. 우리가 건강하고 우리가 행복해지려면 뭐가 필요한지 생각해 보라고….

다양한 사람들과 다양한 환경에서 많은 강아지, 고양이가 산다. 각자의 생활환경이 다르니 무엇이 옳고 어떤 게 잘 키우는 게 맞는지는 다 다를 수 있다. 하지만 중요한 건 사람들이 좋아하고 재밌어하기보다는 나와 친구들이 건강하고 행복하게 오래도록 보호자들과 사는 것이다. 대부분 처음에는 평생을 함께할 마음으로 아이들을 데려오고 많은 관심과 사랑으로 키운다. 예쁜 옷도 사 입히고 훈련도 시키면서 내 아이가 최고로 멋있고 최고로 똑똑한 아이라고 생각한다. 하지만 많은 경우 필요하지 않은 내용의 훈련과 넘치거나 과한 훈련이 문제가 된다. 한꺼번에 많이 가르치다 보니 조금 느린 친구들은 하나도 제대로 익힐 수가 없다. 또 꼭 필요한 훈련도 배우지 못한다. 병원에 살다 보니 많은 아이를 보는데 생각보다 배워야 할 것들을 배우지 못하는 경우도 많고 꼭 익혀야 하는 생활교육을 받지 못하는 친구들이 많다. 정말 중요한 게 '손!'일까? 그런 훈련을 못 따라 하면 멍청한 아이일까? 그리고 무조건 보호자가 시키는 데로 '손, 앉아, 엎드려'를 해야만 사랑스러운 반려동물일…. 오늘도 원장님은 또 잔소리를 시작한다. 그런 훈련 하지 말라고. 안 그래도 살기 힘든 세상, 강아지쯤은 마음대로 살게 해주라고…. 아이들에게 꼭 해야 하는 몇 가지만 빼곤 자유를 주라고…. 그리고 하더라도 천천히 하라고. 마지막으로 힘들게 훈련시키는 것 대

신 행복해하는 강아지를 보면서 보호자분도 같이 행복하

게 지내라고. 그러면 그걸로 충분하다고.

마지막 준비,
너무 아프지 않게 너무 외롭지 않게

오늘은 우울한 날이다. 요 며칠 몸이 좋지 않다. 나는 자주 설사를 한다. 아직 밥도 맛있고 간식도 맛있는데 문제는 먹고 나면 배가 자주 아프다는 거다. 그러고 나면 꼭 설사를 한다. 체중도 줄고 털도 가늘어졌다. 나이가 들어가는 건 여러모로 서러운 일이다. 이런 나를 챙기는 원장님도 힘들어 보인다. 왜냐하면 병원 식구 다섯 중에 내가 제일 원장님 곁에 있는 시간이 많은데 자주 아프다 보니 매일 약도 먹여야 하고 가끔 링거도 맞아야 하니 신경이 많이 쓰이나 보다. 가끔 퇴근 후 늦은 밤에 불쑥 와서는 곁에 있다가 가거나 아예 집에 데려가기도 한다.

예전에 원장님 집에 놀러 가면 신나게 놀고 맛난 것도 잔뜩 먹었는데 요즘은 그냥 얌전히 침대에서 잠만 잔다. 그러다 보니 병원에 있는 내 방석이 더 편한 게 솔직한 마음이다. 그렇다고 내가 아주 약해진 건 아니다. 나는 여전히 병원 일인자 김쫑순이고 성질은 살아있다. 아무리 나이가 들었어도 나는 나다. 눈빛 하나만으로도 순정이 단심이 쯤은 제압이 가능하다. 그래도 우울한 건 우울한 거다. 갈비탕 고기를 못 먹는 것도 그렇고 산책하러 나가는 건 신나지만, 얼마 못 가 헉헉거리면 속이 상한다. 그래서 어제는 원장님과 차로 드라이브를 했는데 기분이 조금 나아졌다.

나처럼 병원에는 나이가 많은 친구들이 많다. 병원이 오래되다 보니 손님들도 나이가 많다. 원장님도 그렇다. 처음 만났을 땐 원장님도 아주 젊었다. 두 살배기 딸아이 엄마였는데 지금은 아이도 셋이고 심지어 내가 봤던 하얗고 조그맣던 첫 아이가 고등학생이란다. 나는 둘째 셋째 아이가 태어나는 것도 봤다. 어찌나 빽빽 울어대던지 아이들이 태어난 이후로 나는 원장님 집에 가는 날이 훨씬 줄었다. 어쩌다 가도 밤새 우는 아기 때문에 잠은커녕 안절부절 밤을 새우기 일쑤였고 다음날 병원에 돌아와서는 완전히 실신해서 종일 잤다. 그러다 보니 점점 원장님 집에는 가지 않게 되었다.

원장님처럼 손님도 나이가 들었다. 교복을 입고 병원에 오던 학생이 지금은 결혼해 아기를 업고 병원에 온다. 마음 아프게도 미용하러 오실 때면 바나나 우유를 사주던 재롱이 할머니는 지난봄에 돌아가셨고 순돌이라는 진돗개를 매일 산책시키시던 순돌 할아버지도 하늘나라로 가셨다. 건강하고 활력 넘치는 친구들도 한 번씩 크게 아프기 시작하고 몸도 약해져서 자주 병원 신세를 진다. 어릴 때는 너무 힘이 넘쳐서 매일 헬스클럽 다니냐고 놀림 받던 슈나우저 바우도 지금은 느림보 거북이처럼 천천히 걷고, 젊을 때는 미모가 뛰어났던 샤넬이라는 몰티즈도 이제는 낙엽처럼 바스락거리는 털을 가진 할머니 강아지가 되었다. 이렇게 사람들도, 나도, 그리고 친구들도 나이가 들고 모습이 변해갔다. 그리고 자주 아프다.

만성병으로 고생하는 아이들이 오거나 나이가 들어 심각한 병을 가진 아이들이 오면 원장님은 낮은 목소리로 보호자분과 오랜 시간 상담을 한다. 품에 안고 계신 아이들에게 진정 보호자의 역할이 필요한 시간이 왔음을 안내한다. 현재 아이들이 처한 상황이 어떤지 정확히 설명해 주고 우리 병원에서 부족한 검사는 다른 큰 병원에 의뢰한다. 심장병이나 종양처럼 추가 검사가 필요한 경우는 보호자분을 설득해 정밀 검사를 받을 수 있도록 돕는다. 모든 검사 결과가 나오면 앞으로 아이를 어떻게 돌보고 어떻게 치료할지를 상담한다. 이때는 보호자의 상황도 물어본다. 집에서 직접 챙기실 시간이 되는지, 함께 돌볼 다른 가족분이 있는지, 다들 일하시느라 아이가 혼자 있는 시간이 많은지 등등 여러 가지를 물어본다. 거기다 오랜 투병 기간과 비싼 약값이 예상되는 아이의 경우 보호자의 경제 상황에 관한 이야기도 조심스레 나눈다. 왜냐하면 생각보다 반려동물의 오랜 투병은 진료비 부담으로 연결될 가능성이 크기 때문이다. 이런 자세한 상담 과정은 이후 아이들에게 가장 적합한 치료 계획을 세우는 데 큰 도움이 된다.

내가 정말 말하고 싶은 건 나도 그런 순간이 되면 너무 오래 힘들어지고 싶지 않다는 거다. 지금처럼 잘 놀고 편안하게 생활하다가 한 번씩 도와주는 걸로 충분하다. 가끔 너무 아파서 힘들어하는 아이들, 먹지 못해 팔다리에 주렁주렁 링거로 버티는 아이들을 본다. 심지어 목에 연결된 호스로 음식을 먹는 아이도 봤다. 난 그러고 싶지 않다. 심지어 한자리에 오래 누워 있다가 보니 욕창이 생긴 아이들도 있다. 보호자분이 무심해서가 아니다. 보호자분이 나빠서도 아니다. 상황이 나쁜 것이고 아이들의 병이 그만큼 무서운 경우다. 사람처럼 자신을 스스로 돌볼 수 있는 우리가 아니어서 어떤 문제가 생겼을 때 그만큼 더 심각해지기 쉽다는 거다. 어쩔 수 없는 건 어쩔 수 없는 거다. 더 마음 아픈 건 오롯이 혼자서 아픔을 견뎌야 하는 아이들이 생각보다 많다는 거다. 세상에는 대신 아파주고 싶어도 그럴 수가 없어서 속이 타는 보호자분들도 있지만 아픈 아이에게 해줄 것이 없다는 이유로 아이 혼자 온전히 고통 속에 남겨두게 하는 사람들도 있다. 비록 마지막이 정해졌다 해도 보호자분의 관심과 사랑으로 인해 아이들은 남은 시간을 좀 더 행복하게 지낼 수 있다.

어느 날인가. 원장님이 무거운 마음으로 보호자께 안락사는 고통받는 아이에게 베풀 수 있는 마지막 배려라고 말하는 걸 들은 적이 있다. 그러면서 이 결정은 보호자가 아닌 수의사로서 원장님이 하는 것이니 보호자분은 마지막까지 아이들의 곁에서 따뜻한 손길로 쓰다듬어 주기만 하면 된다고 했다…. 내 아이를 아프지 않게 마지막 책임을 다하는 보호자분이 되어주면 된다고…. 잘은 모르지만 아이를 아프지 않게 해주려는 보호자와 그럼에도 어려운 결정을 앞둔 보호자의 마음을 편하게 해주려는 원장님의 진심을 알 것도 같다. 원장님이 내게도 귓속말로 이야기한다. "쫑순아~ 시간이 흘러 매우 아프고 떠나야 할 때가 다가오면 그땐 너무 오래 아프지 말자. 그런 순간이 오면 잠들듯이 편안하게 떠나자." 나도 꼭 그렇게 되고 싶다. 원장님을 마음 아프게 하고 싶지 않다. 나를 위해 또 한 번 원장님이 어려운 결정을 하게 하고 싶지 않다. 그냥 날씨가 너무 좋아 기분도 좋아지는 그런 날, 아프지 않게 무지개다리를 건너고 싶다.

펫로스, 아이와 아름다운 이별을 준비하는 방법

펫로스. 세글자만 이야기해도 눈물이 왈칵 쏟아집니다. 병원을 20년간 하다 보니 많은 아이들을 만났고 또 많은 아이들을 떠나보냈습니다. 어떤 이별이 아프지 않고 힘들지 않을까요? 그런 이별은 없습니다. 갑작스러운 사고로 아이를 잃은 분도, 오랜 투병으로 아이들의 떠남을 예상했던 분도 모두 이별 앞에서는 무너집니다. 도무지 익숙해지지 않는 이별 앞에 원장인 저도 많이 힘이 듭니다. 작은 위로나마 해드리려고 해도 무엇을 어찌해야 할지 모르는 날이 많아 참 원망스러웠습니다. 곁에 있어 드리는 것

외에는 달리 제가 할 수 있는 일이 없다는 생각에 참 괴로웠습니다.

병원에서 제왕절개로 태어난 자두라는 아이는 열다섯 나이에 암으로 무지개다리를 건넜습니다. 1년 넘는 기간 동안 투병을 하느라 아이도, 보호자도 힘든 시간을 보내야 했고 결국 원장인 제가 안락사를 결정했습니다. 자두를 보내던 날 보호자 옆에서 참 많은 생각을 했습니다. 제 손으로 탯줄을 잘랐고 모유가 부족해 젖병을 물리는 법을 안내해 드렸고 그 후로도 예방접종도 우리 병원에서 했던 자두였거든요. 명절이면 옷도 선물해주며 함께 울고 웃었던 아이를 보내면서 제가 할 수 있는 일이 너무 없어서 참 많이 울었습니다. 오히려 보호자분이 저를 안아주실 정도

였으니 지금 생각해보면 창피한 기억입니다.

　자두가 떠나고 두 달 남짓 지났을 무렵이었습니다. 병원 생활이 바빠 잊고 지내던 저와는 달리 자두 보호자분이 많이 힘들어하신다는 소식을 들었습니다. 자두의 마지막을 외롭지 않게 그리고 따뜻하게 안아주셨던 보호자분은 정작 자두와의 이별을 받아들이질 못했습니다. 그날 이후로 식사도 거르시고 외출도 거의 안 하셔서 걱정이라며 옆집 몰티즈 콩이 아주머니가 말씀해주셨습니다. 혹시나 하는 마음에 전화를 걸어 봤지만 전화도 받지 않으시고 문자에도 답이 없어 애만 태우는 날이 며칠이 지난 어느 날, 자두 보호자께서 병원에 오셨습니다. 박카스를 건네시며 이사 갈 예정이라고, 그동안 감사했다고 인사를 하는 자두 보호자분을 보며 왜 그리 눈물이 나는지…. 달리 드릴 말씀이 없어 어쩔줄 몰라하던 저를 가만히 안아주시며 말씀하시더라고요. 자두가 너무 보고 싶어서 안 되겠다고, 이사도 하고 병원에도 이제 오시지 않을 거라고요. 그 모습을 끝으로 자두 보호자분을 다시는 만나지 못했습니다. 그렇게 자두 보호자분은 지금도 제 마음에 아픈 기억으로 남아있습니다.

　그 후 저는 사랑하는 아이를 잃은 보호자분들을 더 많이 신경 쓰려고 노력합니다. 자주 전화도 하고 산책도 보호자분이 살고 계시는 아파트 근처로 갑니다. 혹여 길에서라도 우연히 만나면 안부를 물을 수 있을까 하는 기대를 합니다. 때로는 전화를 걸어 병원 유기견 봉사도 부탁

드립니다. 바쁜 직원들을 대신해 산책 도우미 요청을 드리기도 합니다. 산책길에 간식도 꼭 먹이고 공원 벤치에서 예쁜 사진도 찍어주셔야 한다는 미션도 드립니다. 유기견들 입양을 위해 꼭 필요하다고 말씀드리면 진지하게 들어주시고 열심히 도와주십니다. 더 잘해줄 방법을 찾아서 챙겨주시기도 합니다. 그러면서 유기견들에게 떠난 본인의 아이들 이야기를 들려주시곤 합니다. 다행스럽게도 더 이상 슬퍼하며, 힘들어하며 떠난 아이를 기억하지 않습니다. 옛날이야기 하듯 도란도란 아이들과 이야기 나눕니다. 그러면 저도 그 옆에 슬그머니 가서 아이들과의 기억을 나눕니다. 그렇게 저와 보호자분은 함께 시간을 보냅니다.

저는 수의사로서 또 다른 죽음도 준비해야 함을 압니

다. 병원을 찾아주는 아이들이 나이가 들어가다 보니 어느 날에는 아이들과의 이별을 맞이해야 함을 압니다. 그래서 저는 보호자분들께 다가올 미래의 어느 날에 대해 자주 이야기합니다. 힘든 시간이 다가올 수도 있지만 함께 잘 준비해 가자고요. 누구에게나 찾아오는 마지막을 아프지 않게 보낼 수 있게 챙겨주는 것이 아이에게 해줄 수 있는 최고의 사랑이라는 점도 늘 이야기합니다. 또한 아이들과 많은 추억 만드시라고 안내해 드립니다. 그리고 아이들을 외롭지 않게 보내려면 보호자분도 든든한 친구, 이웃과 함께하시라고, 그래야 함께 웃고 함께 울면서 힘든 시간을 이겨낼 수 있다고 말씀드립니다. 이런 저의 이야기를 손사레 치며 듣고 싶어 하지 않는 분도 계시지만 가만히 귀 기울이시는 분도 있습니다.

지금 이 순간에도 펫로스로 힘들어하시는 분들이 계실 겁니다. 떠난 아이도 마음 아프지만 저는 아이들을 사랑으로 품어주셨던 보호자분들의 눈물에도 가슴이 아픕니다. 부디, 오래 아파하지도, 많이 힘들어하지도 않길 바랍니다. 아이들도 그걸 원하지는 않을 테니까요. 아이를 기억하며 안타까움에 눈물을 흘리는 대신 행복한 기억에 살포시 미소를 짓기를 바라는 마음입니다.

　　무지개다리 너머 어디선가 초롱이와 아찌, 보리와 하늘이가 마음껏 뛰면서 건강하게 놀고 있을 겁니다. 꿈에서라도 그곳에서 아이들을 보면 큰소리로 이름 부르고 품에 안기는 아이들을 꽉 껴안아 주려면 우리도 건강하고 행복해야 하지 않을까요? 그러다 보살핌이 필요한 또 다른 친구들에게 사랑을 나눠줄 수 있다면 더 좋을 겁니다. 저도 그렇게 오늘 하루를 살아갑니다.

마지막으로 자두 보호자님~ 제가 그때는 많이 부족했습니다. 그래서 보호자분께 힘이 되어드리지 못해 참 많이 죄송했습니다. 그래서 저는 오늘도 병원을 지킵니다. 사랑했던 많은 아이들이 떠나고 정을 나누던 많은 사람들이 떠나도 저는 그 자리에 있습니다. 힘들어도, 속상해도 그리고 외로워도 제 병원을 지킵니다. 그러다 보면 어느 날인가 햇살 좋은 날 자두 보호자분이 힘차게 병원문을 열고 들어오시지 않을까 기대해 봅니다. 자두 예쁘게 오래 키워주셔서 감사했고 아이가 떠나고 힘드셨을 그 시간을 도와드리지 못해 다시금 죄송했습니다. 언젠가 건강하신

모습으로 다신 만난다면 그때는 자두와 좋았던 기억들 함께 나눌 수 있었으면 좋겠습니다.

나, 너 그리고 우리
서로를 잊지 않기로 해요

난 오늘도 행복한 김쫑순이다. 병원 문이 열리고 힘차게 하루를 시작한다. 따뜻한 방석에서 푹~ 자고 아침은 소고기 캔을 비벼서 한 그릇 뚝딱 먹었다. 지금은 병원 소파에서 바깥세상을 보고 있는데 겨울 햇볕이 좋다. 점심때 산책하러 나가야겠다고 생각하고 있는데 병원문이 열리면서 메롱이 엄마가 오셨다. 메롱이는 나와 같은 시추 품종의 반려견이었다. 늘 혀를 메롱하고 내밀고 있어 메롱이다. 얼마나 착하고 동글동글 귀여운지 모른다. 이렇게 말하면 어린 강아지인 줄 알지만 메롱이는 실제 나보다 나이가 많다. 병원에 자주 와서 나랑도 친했는데 얼마 전 무지개다리를 건넜다. 간암이라는 병으로 오래 아팠다. 다행인 건 통증이 심하지 않아 보호자도, 메롱이도 아주 힘들지는 않았다. 오늘 메롱이 엄마는 오랜만에 인사차 들렀다고 했다. 그리고선 바로 육포 간식을 한 봉지 뜯어 나와 순정이 단심이에게 하나씩 고루 나눠주셨다. 남은 건 실장님께 계산대에 보관해놓고 내일 먹이라고 한다. 그리고 메롱이가 잘 먹던 고구마 간식도 한 봉지 사서 오후에는 메롱이를 보러 간다며 웃어 보였다. 보호자의 얼굴도 밝고 목소리도 좋은 걸 보니 나도 마음이 놓인다.

원장님과 메롱이 엄마는 병원 소파에 앉아서 이런저런 이야기를 나눈다. 메롱이가 떡을 훔쳐먹고 배탈이 나서 온 이야기, 미용하고 예쁘게 머리핀까지 달고 엄마 오기만을 기다리는데 대기 중에 다른 강아지에게 물려서 머리털이 뽑힌 이야기…. 웃느라 정신이 없는 메롱이 엄마와 원장님을 보니 나도 절로 웃음이 난다. 한번은 메롱이 엄마가 급하게 사고로 병원에 입원하게 되어 메롱이만 집에 둔 적이 있었다. 그때 메롱이 엄마는 급하게 간다고 제대로 아이를 못 챙겼다며 혹시나 사고 칠지 모르니 원장님께 한번 가주시면 안 되냐고 부탁했었다. 그래서 원장님이 집에 갔는데 메롱이가 현관에서 울고 있다가 원장님을 보자마자 품에 쏙 안겼다고 했다. 평소에는 으르렁거리고 원장님만 보면 슬금슬금 피하던 아이가 원장님께 찰싹 달라붙어 병원에 온 것이다. 3일간 병원에서 지냈는데 나보다 더 원장님에게 친한 척을 했다. 물론 보호자분이 오니 언제 그랬냐는 듯이 원장님에게 쌩하니 등을 돌리는 메롱이 이야기를 하면서 두 분 모두 한참을 웃었다. 그러다가 메롱이 엄마가 눈물을 뚝뚝 흘리면서 아침마다 출근하는 탓에 메롱이가 늘 혼자인 시간이 많았다고, 그게 제일 미안하고 후회된다고 했다. 원장님 역시 건강할 때 미리 건강검진 해볼 것을, 요즘은 항암치료도 많이 하는데 하면서 두분 다 이번에는 눈물범벅이다. 웃다가 울다가 또 그런다.

하지만 나는 안다. 결국엔 또 웃으면서 따뜻하게 대화를 마칠 것이라는 걸. 왜냐하면 원장님이 그렇게 하니까.

원장님은 항상 보호자께 이야기한다. "좋은 기억만 하세요. 행복한 기억만 남기세요. 그래야 잊지 않고 오래도록 아이를 기억할 수 있어요."라고. 그래서 오늘도 원장님은 메롱이 엄마의 손을 가만히 붙잡고 메롱이는 행복한 아이였고 너무 사랑받고 살았던, 그래서 투병하는 기간에도 많이 아프지 않았던 예쁜 아이였다고, 좋아하는 고구마랑 닭고기 많이 먹었다고…. 그게 제일 중요한 거라고 이야기한다. 메롱이가 맛있게 먹던 모습도 기억하고 산책길에 신나게 걷던 발걸음도 기억하면 된다고 말한다. 퇴근한 보호자분을 맞이하던 반짝이는 눈동자도 모두 기억하면 된다고, 그게 전부라고 말이다. 엄마 지갑 속에 있는 가족사진 한가운데 있는 메롱이의 모습은 세상 행복해 보였다면서 보호자분을 위로한다. 그러면 보호자분 역시 메롱이를 잘 챙겨주신 원장님과 메롱이와 놀던 우리를 보러 한 번씩 들르겠다고 하면서 병원문을 나선다.

　내가 일기를 쓰는 것도 이런 기억을 잊지 않기 위해서이다. 너무 많은 일들이 있었고 너무 많은 아이가 왔다가

갔다. 아픈 기억도 많지만, 좋았던 기억이 더 많다. 행복했고 너무 기뻐서 그 순간이 지나는 게 아쉬웠던 기억도 있다. 원장님을 보면서 더 생각했다. 아무도 원장님께는 괜찮냐고 물어보는 사람이 없다. 원장님의 마음속은 어떻냐고. 병원이 10년 차가 넘어가면서 화나고 속상했던 순간도 있지 않았냐고…. 아이들과 보호자분을 위해 어려운 결정을 내려야 했던 그 많은 기억을 어찌 마음에 품고 사는지 나도 물어볼 수가 없다. 늘 괜찮다고 하니 정말 괜찮은 걸까? 그래도 좋은 기억을 꼭 붙잡고 사시라고 보호자께 이야기하니 원장님도 마음속에 자신만의 좋은 기억을 간직하고 살 거라 믿는다.

그 기억에 내가 있길 바란다. 나와 순정이 단심이 그리고 짱이와 뚱보 고양이 네로가 있을 거라고 믿는다. 언젠가 한 번은 원장님이 쓸쓸한 표정으로 이런 말을 한 적이 있다. 다들 병원을 떠난다고. 함께 고생했던 미용실장님도 결혼해서 그만두고 한 분, 한 분 정을 주고받던 직원분들이 다 떠났다고…. 어느 날엔 쫑순이랑 순정이도 떠날 텐데, 그리고 어느 날엔 단심이와 다른 친구들도 떠날 텐데…. 그러면 나 혼자 병원에 남아 병원을 지키게 되는 순간이 올 텐데…. 그땐 그 말이 무슨 뜻인지도 모르고 신나게 뒹굴고 노느라 바빴는데 이제는 어렴풋이 알 것 같다.

원장님~ 기억해 주세요. 잊지 말아 주세요. 어느 순간이 와서 모두가 떠나도 원장님과 병원은 그 자리에 있을 거잖아요. 늘 우리와 또 우리 병원에 다녀갔던 많은 아이를 원장님이 기억해 줄 거잖아요. 그 기억 속에 나와 친구들은 시끌벅적 놀고 있겠죠? 그런 우리 옆에서도 누워 자던 뚱보 고양이 네로도 기억해 주세요. 아침이면 병원 출입문에서 순서대로 원, 투, 쓰리, 포 네 마리가 나란히 앉아서 원장님을 기다리던 우리를 기억해 주세요. 원장님을 기다리는 건지, 간식을 기다리는 건지 투덜대면서도 가방 벗기 무섭게 밥부터 챙겨주었는데 그때마다 밥그릇 쟁탈전을 벌이던 순정이와 짱이를 기억해 주세요. 저녁 7시 퇴근 시간인데도 병원 밖으로 놀러 나간 네로가 돌아오지 않아서 퇴근도 못 하고 병원 근처 공터를 헤매며 찾아다닌 기억도 잊지 말아요. 겨울에 따뜻하라고 준비해 주신 전기장판에 너무 오래 누워있어 배에 화상을 입은 순정이를 혼내면서도 어이없어 웃었고, 잠깐 한눈파는 사이 병원에서 탈출해 옆 가게에서 짜장면 얻어먹다 걸려서 잡혀 오던 식탐 넘치던 짱이도 기억해 주세요.

그리고 너무 외로워하거나 쓸쓸해하지 마세요. 나도, 우리도 원장님과 병원을 오래도록 기억할 테니까요…. 행복하고 또 행복했던 나와 친구들, 그리고 함께 웃고 울었던 원장님과 실장님! 우리 서로를 잊지 말아요. 오래오래 좋은 기억만 하며 살아요.

마치는 글

사실 쫑순이는 세상에 없습니다.

오늘 내 곁에 있는 강아지, 고양이를 사랑하며 조금 더
행복해지길 바랍니다.

쫑순이의 일기를 마지막까지 읽어 주신 분들께 고백
합니다. 사실 쫑순이는 예전에 무지개다리를 건넜습니다.
병원의 시작을 함께한 쫑순이부터 그 이후 가족이 되었던
순정이, 단심이, 그리고 쌍이와 네로. 다섯 식구 모두 지
금은 병원을 떠났습니다. 아이마다 각각의 다른 사정으로

병원에 오게 되었지만, 서로가 서로에게 가족이 되어주었습니다. 처음엔 쫑순이 혼자였습니다. 병원 인테리어 할 때부터 매일 놀러 오던 아이가 병원 강아지가 되어 매일 아침을 책임져주었습니다. 추운 겨울에 오픈한 병원이라 손님이 없던 날이 대부분이었지만 출근하면 늘 반갑게 맞이해 주던 쫑순이가 있어 외롭지 않고 행복했습니다. 혼자 두고 퇴근하는 게 안쓰러워 집에 데려가면 그렇게 좋아하던 쫑순이었고 다음 날 아침이면 출근 준비를 같이하던 아이였습니다. 쫑순이 덕분에 하루가 재밌고 웃을 수 있는 날들이었습니다. 어느 날인가 인연이 닿아 쫑순이에게 친구가 되어준 순정이를 가족으로 맞이했고 그 이후로 단심이와 짱이, 네로까지 가족이 되었습니다. 다섯 아이와 살아가는 건 하루가 사건, 사고의 연속이었습니다. 재미있고 행복했던 시간도 많았고, 힘들었고 슬펐던 시간도 많았습니다.

『쫑순이의 일기』를 쓰게 된 건 몇 년간 쫑순이가 많이 보고 싶어서였습니다. 처음에 쫑순이를 떠나보냈을 때는 슬프긴 했어도 오랜 투병 기간에 지친 쫑순이가 더 이상 아프지 않게 되었음이 더 중요하기에 이별이 감사하기도 했습니다. 수의사가 돌보는 아이라고 해도 아픈 쫑순이를 조금 덜 힘들게 해줄 뿐 시간의 흐름을 멈추게 할 수는 없었습니다. 힘들어하는 아이가 고통에서 벗어나 비로소 편안해졌을 때 슬픔만큼이나 아이의 평화로움에 감사했습니다. 쫑순이가 떠난 뒤에도 병원에는 챙겨야 할 네 명의 아이들이 있었습니다. 그들을 먹이고 씻기면서 지냈던 바쁜 일상이 쫑순이를 떠나보낸 슬픔을 잊게 했습니다. 그러다가 순정이도, 단심이도, 그리고 짱이와 네로도 무지개다리를 건넜습니다. 너무나 기특하게도 오래 아프지 않고 잘 먹고 잘 지내다가 떠났습니다. 아마 지금쯤 무지개다리 밑에서 같이 뛰어놀고 있지 않을까 생각합니다.

병원은 죽음과도 익숙한 곳이라 어느 순간에는 고통 없는 죽음을 오히려 감사하게 생각할 때도 있습니다. 아이들이 떠나고 함께했던 실장님을 포함한 가족처럼 지냈던 직원분들도 병원을 퇴사했습니다. 그래서 결국 남은 건 아이들을 기억하는 원장인 저 하나뿐입니다. 20년의 세월은 그렇게 지나갔습니다.

지난 몇 년간 병원에는 늘 그렇듯이 많은 아이가 다녀 갔고 새로운 직원분들이 함께했습니다. 하지만 그럴수록 쫑순이가 보고 싶었습니다. 쫑순이와 모습이 비슷하거나 품종이 같은 시추 아이가 오면 더 생각이 많이 났습니다. 병원에 기쁜 일이 있거나 힘든 일이 생기면 쫑순이에게 중 얼거리며 이야기하던 옛날이 그리웠습니다. 쫑순이는 늘 곁에 있었고 항상 잘 들어주던 아이였습니다. 때로는 속 상한 일이 있어 진료대 책상에 엎드려 있으면 슬그머니 다 가와 내 발밑에 엉덩이를 붙이곤 가만히 앉아있었습니다. 평소라면 간식 달라, 안아달라 보채던 아이가 그런 날은 그냥 옆에 앉아 그것도 얼굴을 파묻고 같이 엎드려 있었습 니다. 그러면 그걸로 충분했습니다. 따뜻한 체온을 나눠 준 쫑순이가 있어 제 마음도 금방 괜찮아졌습니다. 신기 하게도 저는 지금도 쫑순이를 느낄 수 있습니다. 눈을 감 으면 얼굴도 털의 촉감도 안았을 때 품에 느껴지던 무게도 다 기억납니다. 눈 맞춤 하던 순간도 다 기억납니다. 병원을 전속력으로 뛰어다니던 모습도 떠오르고 목욕시킬 때 물에 젖은 생쥐 꼴을 한 얼굴도 기억납니다. 많이 보고 싶을 땐 자주 혼잣말로 쫑순이에게 중얼중얼 말을 겁니다. "쫑순아, 지금 뭐 하고 있어? 순정이도 옆에 있어? 여전히 단심이는 아무 생각이 없지? 짱이랑 네로는 또 뭔가를 훔쳐 먹고 있는지 모르겠다…"

그러다가 『쫑순이의 일기』 적게 되었습니다. 처음 만난 순간부터 같이 지냈던 많은 날을 적어보았습니다. 쫑순이는 어땠을까? 내 마음과 같았을까? 행복했을까? 생각해보았습니다. 글을 쓰면서 쫑순이와 함께한 시간이 하루하루 너무 소중했는데 그때는 왜 몰랐을까. 왜 한 번 더 안아주고 한 번 더 맛난 거 먹이지 못했을까 후회도 많이 되었습니다. 지금도 예전에 근무했던 직원분들을 만나면 쫑순이와 친구들 이야기를 하면서 웃고 울고 또 웃습니다.

잊지 않으려고 그리고 오래도록 쫑순이를 기억하려고

합니다. 그래서 그 소중한 순간들을 지금 제 곁에 있는 저의 아이들과 병원에 오는 또 다른 쫑순이의 친구들에게 이야기하려고 합니다. 비록 쫑순이는 곁에 없지만 제 기억 속에는 늘 함께합니다. 그래서 외롭지만 외롭지 않습니다. 제 안의 작은 방 한 칸에 쫑순이와 가족들이 있으니…. 털어놓을 곳이 필요할 때도, 같이 축하하고 싶은 일이 있을 때도 저는 쫑순이와 이야기합니다. 이렇게 저는 또 다른 방식으로 쫑순이와 살아갑니다.

이 글을 읽어 주신 고마운 분들께도 꼭 전하고 싶습니다. 지금 내 곁에 있는 아이들 이름 한 번 더 불러주고 자주 안아주기를…. 그 아이들과 더 행복하게, 더 사랑하며 살아가기를….

보고 싶은 쫑순아,

무지개다리 건너간 그곳에서 행복하니?

쫑순아…. 이름을 부르기만 해도 눈물이 핑 도네. 큰소리로 "김쫑순~" 이렇게 부르면서 출근하고 싶은데 몇 년간을 꾹 참았단다. 보고 싶고 안고 싶은데 그러지 못하니 오히려 그 마음 꼭꼭 숨기면서 지냈어(그래도 엄마가 원장인데 약한 모습 보여서는 안 되잖니). 이런 나와 달리 너는 아프지 않고 행복하게 마음껏 뛰어놀고 있겠지? 엄마가 보고 싶지는 않니? 엄마는 쫑순이가 많이 보고 싶은데….

요즘처럼 추운 날에는 옛날 생각이 많이 나. 출근길이

춥고 피곤해 잔뜩 웅크린 채로 병원 문을 열면 뭐가 그리 좋은지 꼬리가 떨어질까 무섭게 흔들면서 나를 반기던 너! 너를 안고 얼굴을 비비면 따뜻한 체온이 느껴져서 썰렁하고 차갑기만 하던 병원이 환하게 그리고 따뜻하게 바뀌는 마법 같은 그 시간이 정말 좋았어. 매일 아침 나를 반겨주던 네가 있어서 엄마는 참 좋았어.

어느 날인가, 점심때 너랑 순정이랑 사라져서 온 병원을 찾았던 적이 있었잖아. 급히 밖에 나가보니 옆집 가게에서 먹고 남은 짜장면 그릇에 코 박고 퍼먹느라 정신없던 너희를 잡아 와서 혼내던 날도 문득 기억난다. 짜장 소스로 범벅인 얼굴로 엄마 보고 냅다 도망가던 너희 모습이 여전히 생생해. 잡혀 온 순정이는 무섭다고 네 뒤편에 서서 고개만 처박고 숨던 모습도 기억나고.

너도 기억할 테지, 어느 날 밤에 병원 수도관이 터져서 물난리가 났는데 아침에 출근하니 첨벙첨벙하는 병원을 이리저리 뛰어다니며 놀던 너와 너의 친구들을. 그 광경을 보면서 기막혀하던 그날의 기억도 나에겐 참 소중해. 물에 빠진 생쥐 꼴을 하고도 나를 보고 꼬리를 흔들던 너희를 나는 잊을 수가 없어.

쫑순아, 함께 살 때 바쁘고 정신없는 병원 생활이어서 말하지 못했던 이야기가 있어. 병원은 좁은데 너랑 친구들이 투닥거리고 싸우면 단체로 혼내서 미안했어. 쫑순이네 잘못이 아닌데 큰 소리로 화내서 눈치 보게 만든 거 미안해. 순정이랑 단심이, 그리고 짱이와 네로까지 입양해서 대가족을 만든 것도 이제 와 생각해 보니 미안하다. 쫑순이 하나만 더 듬뿍 사랑해 주지 못한 건 아닌가 싶어서 엄마는 안쓰러운 마음이 들었어. 자주 집에 데려가지 못한 것도, 일하다 보니 손님 강아지, 손님 고양이가 먼저였던 순간이 많았는데 그것도 참 미안했다.

그래도 네가 있어서 병원에 오는 아이들을 더 이해할 수 있었고 조금은 더 좋은 수의사가 될 수 있었어. 너와 함께 지낸 시간들이 내게는 학교에서 책으로 배운 지식을 넘어서는 공부였으니까. 네가 가르쳐준 많은 경험이 내게 오는 아픈 아이들을 치료하는 데 큰 도움이 되었어. 그리고 나는 너를 만나 사랑을 주는 법과 받는 법을 배웠어. 그 사

랑을 이제는 다른 아이들에게 전해주면서 좋은 수의사이
자 좋은 사람이 되려고 애쓰면서 살고 있단다. 네가 떠나
고 참 많이 외롭고 힘들었지만 엄마는 이렇게 씩씩하게 잘
살고 있어. 그리고 남은 시간도 잘해나갈 거라 스스로 믿
어보려고 해. 어느 날엔가 엄마 역시 병원을 정리하는 순
간이 오겠지만 그런 날에도 너에게 조용히 말하고 싶어.
그동안 내 마음속에서 나와 함께 병원을 지켜주어 고맙다
고. 그러면 너는 작은 꼬리를 살랑이며 "원장님~ 그동안 정
말 수고했어요."라고 말해주겠지. 정말 그랬으면 좋겠다.

　　마지막으로 곁에 있을 땐 말로도 하지 못했고 그 이후
에는 글로도 전하지 못했던 말을 너에게 전하려 해.
　　보고 싶다, 김쫑순!

사랑한다. 많이, 많이.

쫑순아, 우리 언젠가 꼭 다시 만나자.

쫑순이 엄마가.

동물병원 지킴이 쫑순이와 아이들을 소개합니다!

순정이

쫑순이

단심이

짱이

네로

쫑순이의 일기

초판 1쇄 발행	2024년 5월 24일
초판 2쇄 발행	2024년 7월 17일

지은이	김소연

펴낸이	이장우
책임편집	송세아
디자인	theambitious factory
편집, 제작	안소라 김소은
관리	김한다 한주연
인쇄	KUMBI PNP

펴낸곳	도서출판 꿈공장플러스
출판등록	제 406-2017-000160호
주소	서울시 성북구 보국문로 16가길 43-20 꿈공장 1층

이메일	ceo@dreambooks.kr
홈페이지	www.dreambooks.kr
인스타그램	@dreambooks.ceo

전화번호	02-6012-2734
팩스	031-624-4527

* 저자 고유의 '글맛'을 위해 맞춤법 및 표현 등은 저자의 스타일을 따릅니다.

이 도서의 판권은 저자와 꿈공장플러스에 있습니다.
이 책은 저작권법에 의해 보호받는 저작물이므로 무단전재와 무단복제를 금합니다.

ISBN	979-11-92134-68-0
정가	16,800원